神様の花嫁になりました

柊さえり

富士見L文庫

もくじ

「朝だよ瑠奈《るな》。目覚めのキスは必要か？」

「必要ありません！」

無職だった瑠奈は現在とあるアパートの管理人として日々奮闘している。雇い主は神様。住人は人間嫌いのあやかし達。どう考えても違和感だらけの就職先である。

「つれないね」

「女の子の部屋に勝手に入るのはよくないって言ってるでしょ？」

「いずれ結婚するのだから何も問題ないだろ」

「おおありです！」

なぜか神様に気に入られ花嫁見習いとして管理人をしているけれど、前の管理人が復帰するまでの期間限定のつもりだ。そもそも人間と神様が結婚なんて聞いたことがない。

「私、玄関や庭園のお掃除があるので」

「何か困ったことがあったら俺に言うように」

「ありがとう」

「礼ならキスの方が」

「しません」

高らかに笑う神様ことトラは、シワひとつない着物の襟を正して部屋を出ていった。契約をしてしまった以上、仕事放棄をするわけにはいかない。

「よし、今日も頑張ろう！」

瑠奈の管理人業務はまだ始まったばかりだ。住人に振り回される日々は終わらない。

——そう。全ての元凶は、あの神社からだった。

神様に求婚されました

傍観者に徹する社会。自分の身を一番に案じてしまうのが人間というもの。助けを求めた手は空気を摑《つか》むだけ。誰かの顔色を窺《うかが》って生きていく人生に嫌気が差していた。

――だから今日も神頼みをする。お賽銭《さいせん》なしの、スマイルゼロ円で。

「憧《あこが》れの一流ホテルに再就職できますように！」

身の丈に合わない願い事を今日も心から。

瑠奈《るな》は大学を卒業しコンシェルジュとしてホテルに就職した。そこで待っていたのは〝やりがい〟ではなく潰《つぶ》し合い。配属初日から垣間《かいま》見えた現実は残酷だった。スタッフ同士によるミスの押し付け合いやパワハラが横行。お客様の文句ばかりが飛び交うホテルに安らぎなどなかった。

今日で退職して一ヶ月。

「再就職させろー！」

境内の鈴をこれでもかというくらい全身で鳴らしながら苛立《いらだ》ちをぶつけていると、突然背後から突風が吹いた。同時に瑠奈の長い胡桃《くるみ》色の髪は背中から流されて頬をかすめる。

「うるさいぞ、小娘」

　風に乗って流れてきた声は聞き馴染《なじ》みのない男性のもの。何かに引っ張られるようにして後ろを振り向くと、そこには長身で目を惹《ひ》く眉目《びもく》秀麗な男性が立っていた。黒髪は陽に照らされて少し青みがかっているように見える。三十代半ばくらいだろうか。

　漆黒の着物を纏《まと》い、左裾《すそ》部分には金色の毬《まり》が刺繍《ししゅう》されている。白と黒の糸で組みあげた帯締めの中央には黒真珠が飾られ、金帯と相性がいいように思う。

「聞こえなかったのか？」

「まずは自分の名前を名乗ったら？」

　思わず皮肉を込めた一言を紡いでしまったけれど、こちらに非はない。なぜなら、瑠奈は社会人経験のある大人で決して小娘ではないからだ。

「この俺に向かってその言葉遣いはなんだ？」

「いやいや、初対面ですし」

「昔から……今も、顔を合わせているはずだが」

「はい？」

　退職してからというもの毎日顔を合わせている人はいない。この神社は曰《いわ》く付きだから誰も近づかないし、誰かとすれ違ったことすらない。つまり、彼は怪しい人ということになる。関わらないのが一番、回れ右。

「私、急いでいるのでお先に失礼します」

「待て」

「は、離して！」

「暴れるな」

すれ違う寸前に掴まれる右腕。力任せに引き寄せられると二人の距離はグッと縮まった。

至近距離で見る彼は端整な顔立ちをしていて、思わず息を呑《の》む。男のくせに肌は透き通っているし髪も艶《つや》やかで美しい。

「近くで見ると可愛い顔をしているな」

「……っ！」

前触れもなく容姿を褒められて、つい顔を赤らめてしまった。色恋沙汰《ざた》のない瑠奈にとっては当然の反応だ。

「そういう反応も悪くない」

「な、なんなんですか？」

夢にしては掴まれている腕に感覚はあるし、鼓動も忙《せわ》しなく動いている。息苦しいのは蠱惑《こわく》的な男性と至近距離で言葉を交えているからかもしれない。そう思う瑠奈に彼は言葉を掛ける。

「身銭なしで毎日願いを乞《こ》う度胸は褒めてやらなくもない」

「うわ、ひょっとして私のストーカー？」

疑うように彼の顔を覗《のぞ》き込むと前髪の隙間からかすり傷が見えた。既にかさぶたになっている所もあるけれど、まだ浸潤している部分もある。痛みはないのだろうか。心配していることを悟られないように彼を一瞥《いちべつ》。どうやら怪我をしていることにも気づいていないようで、瑠奈の行動を不思議そうに見つめている。もしかしたら痛みに疎いのかもしれない。見た感じ彼から悪い印象は受けないし、こんな自分に声を掛けてくれた優しい人だからと、世話焼きの瑠奈は彼の怪我について尋ねることにした。

「おでこの所、怪我したの？」

「怪我？　ああ、知り合いの子どもと追いかけっこをしていた時にうっかり木にぶつかってしまってね」

「ふふ、大人なのに木にぶつかるって可愛い」

言いながらカバンを漁《あさ》り絆創膏《ばんそうこう》を取り出した。その絆創膏の上にマジックペンを走らせ、まじないのように四つ葉のクローバーを描く。

「なぜ四つ葉のクローバーなんだ？」

「昔ね、友達が〝四つ葉のクローバーは幸せを運んでくれる〟って教えてくれたの」

描き終えたそれを彼の額にそっと貼る。コンシェルジュをしていた時も怪我をしたお客様の応急処置をしていたことがあった。といっても傷口を流水で洗い流したり今のように絆創膏を貼ったりと簡単なもの。

「あなたの怪我が早く良くなって幸せになりますように」

「──そうか。覚えてくれていて嬉《うれ》しいよ」

「え？」

「いや、ありがとう」

溢《こぼ》れた笑みがとても温かくて呆気《あっけ》に取られてしまった。誰かに感謝されたのは久しぶりかもしれない。頑張りを認めてもらえない世界に居続けたせいで多くを失った気がする。

ふと失業している事実と過去の思いが迫ってきた。このまま孤独に生きていかねばならないのだろうか。失意に打ちひしがれながら俯《うつむ》くと、瑠奈の頭に大きな手が優しく乗せられた。まるで、親が子どもを慰めるかのように優しく。

「何か辛《つら》いことでもあったのか？」

あまりにも優しい声色で尋ねられて視界が歪《ゆが》んできた。いつも仕事では怒号を飛ばされていたからかもしれない。

「どうしてそう思ったの？」

「拗《す》ねた子どものような顔をしていたから」

それは無意識に取った表情だった。神様に願えば幸せが訪れるという迷信。それは迷信に過ぎないのだと言い切れるほど、忘れられない過去がある。

瑠奈は着物の帯に置いていた目線をゆっくりと上げていく。すると、磁石が吸い付くように金色の瞳《ひとみ》と重なった。

「俺で良ければ、話を聞いてやる」

「上からだね」

「なら、独り言として聞いてやる」

グシャグシャと前髪を乱されたけれど、不思議と嫌な気はしない。観念したように頷《うなず》けば、彼は大きな手を身体の横に戻し、それを合図に会話は始まった。

「私ね、親がいないんだ」

十歳の誕生日に瑠奈の両親は事故で亡くなった。誕生日ケーキを持ち帰っている途中だったそうだ。友人と公園で遊んでいた時に近所の人が血相を変えて飛んできたのを、今でも鮮明に覚えている。公園を飛び出してからの記憶は曖昧《あいまい》だ。

「私の誕生日に、事故で死んじゃって」

それからは身寄りもなく親戚《しんせき》夫婦の家に預けられた。「本当の娘じゃないし」という言葉をよく耳にしていたから、甘えることを諦《あきら》めて代わり映えのない毎日を送る日々。我慢することには慣れていたし、今までも何とかやってこられた。

「一人で辛い思いをしてきたんだな」

胸を痛めたように彼は言った。人の話に耳を傾け向き合おうとしてくれる優しい人らしい。過去を言葉に乗せてしまうのも彼の人柄に感化されたから。

何とかやってこられたのは、昔の友人と交わした約束があったからというのもある。あれは両親の通夜があった日。むせび泣く大人達の声に堪え忍び公園へ向かうと、エネルギー切れの街灯がちらちらと夜の公園を照らしていた。良い子は遊ばない夜の時間帯。なぜかいつも遊んでいた友人も姿を現し、肩を並べてベンチに座り語った夢を思い起こす。

「私ね、引っ越すことになったの」

「もう会えないってこと？」

「……うん。知らない人のおうちに行くからすごく不安」

まだ両親の死を受け入れられないまま引き離される恐怖。膝《ひざ》の上で小さな握り拳《こぶし》を作る瑠奈の手に友人の手がそっと触れる。

「俺も今の家は居心地が悪くて」

「そうなの？」

「瑠奈と一緒に住めたら楽しそうだけど」

「それ、すごく楽しそう！　でも、子ども同士じゃダメだね」

「じゃあさ、大きくなったら一緒に住もう」

「え？」

「瑠奈が笑顔でいられる場所を作るから」

幼いながら居心地のいい場所を作ろうと互いに交わした約束。あの日、明日が来ることを恐れていた瑠奈に友人が与えてくれた一筋の光。それが今も生きる糧となっている。

「瑠奈にいいものをあげるよ」

「いいものって？」

「引っ越した先でも寂しくないように」

手渡されたのは小さな御守り袋。金色の帯生地に几帳結《きちょうむす》びされた四つ葉のクローバーが袋口に飾られている。

「これ大事なものなんでしょ？」

出逢《であ》った頃から大事そうに持っていたそれは、手に馴染むほど年季が入っている。一度だって触らせてもらったことはなかったから、瑠奈は受け取ることを渋っていた。

「瑠奈に持っててもらいたいんだ」

「そんな大事なものダメだよ」

「これは俺が初めて作った御守りでずっと一緒だったから、きっと瑠奈のことも守ってくれるよ」

「でも」

「四つ葉のクローバーは幸せを運んでくれるらしいんだ。だから辛くなったらこれを見て元気を出して」

包み込むようにして渡される御守り。温かくて優しい手を振り払うことはできなかった。

「嬉しい。大事にするね」

今となってはあの友人の名前すらも思い出せない。あの約束があったからこそコンシェルジュになろうと思い至った。誰かにとって居心地のいい場所を作りたい、と。

――それなのに。

「はぁ、なんであんな所に就職しちゃったんだろ」

「あんな所？」

「私ね、ホテルで働いてたの。でも、パワハラが酷《ひど》くて」

就職活動をしてもなかなか内定をもらえる人がいないなか、憧《あこが》れだったホテルのコンシエルジュの内定が決まった。新卒での採用は珍しかったけれど、学業と並行してホテルでフロント係のアルバイトを熱心に続けたことが功を奏したのだろう。お客様のニーズに合わせた対応を常に心掛けていたため表彰される時もあった。結果、外資系の中堅ホテルで憧れの一歩を踏み出すことに。

しかし、現実はそう甘くなかった。裏ではパワハラが横行。耐えかねた同期も立て続けに退職し、後から入ってきた後輩も次々と退職。残された瑠奈は永遠の新人扱いだ。おかげで「こんなことも分からないのか」と怒号を飛ばされる日々。それでもお客様に安らげる場所を提供できるようひたむきに仕事をしていたけれど、それも気に食わなかったのだろう。窓拭《ふ》きや蛍光灯の交換など、雑用業務を押し付けられるようになった。仕舞いにはマネージャーに「枕営業に興味はないか？」と訳の分からない誘いを受けて往復ビンタをしてやった。その後、退職に追い込まれて今に至るというわけだ。

頼れる人もおらず貯金が尽きる前に再就職しないといけないのに、今は何をするにも無気力状態。思い返したせいで、表面張力を保っていた我慢は溢《あふ》れ出してしまった。

「好きで我慢してるわけじゃない……のに」

幼い頃より親戚夫婦の家で他人の子として生きてきた。どんな時も相手の顔色を窺《うかが》い自分の心を押し殺す毎日は息苦しいもの。人知れず我慢をして不安や悩みを抱えている人はいる。過去の経験からそういう人に寄り添いたいと強く思うようになった。安らげる場所を提供したいと思う気持ちは、昔よりも一層強くなっている。結果的に今は無職だから語れた口ではない。

「ごめんなさい」

「なぜ謝る？」

「こんな暗い話をしちゃって」

意に反して頬を伝う涙を優しい親指がそっと拭《ぬぐ》う。不思議な人だな。初対面なのに感情を引き出すのがうまいというか。自分自身も相当参っている証拠かもしれない。すると、彼は瑠奈の頬を両手で包み込んできた。壊れ物を扱うように、そっと。

「お前が頑張っていることは俺が一番知っているよ」

「え？」

「立ち話もあれだから、そこに腰を下ろして話そうか」

賽銭箱《さいせん》の足元にある石段を指差し隣に腰を下ろすように言われた。悪い人ではなさそうだし、もう少しくらい話をしてみてもいいか。そう思ってしまったことが、瑠奈の人生を揺るがすことになる。

「誕生日が両親の命日って笑えないよね」

「そうだな」

「だからね、誕生日が嫌いなの」

「そうか」

　ぽつりと溢す話に彼は頷きだけを見せてくれて、なぜだかそれがとても心地よい。否定も肯定もされないことが、こんなにも温かいことだなんて知らなかった。

「でもね、仕事は好きだよ」

「どういうところが好きなんだ？」

「お客様のご要望を叶《かな》えて、喜んでもらえた時が一番かな」

　嫌なことの方が多かったけれど、いい思い出もたくさんある。

「チェックイン時に疲れていらしたお客様が、翌朝笑顔でお出掛けされる姿も嬉しいかな」

「確かにそれは嬉しいことだな」

「こんな私でも役に立てるんだって思えた」

　まだ両親が生きていた頃、家族でホテルに宿泊をしたことがある。煌《きら》びやかな内装よりも輝いて見えたのは、従業員の笑顔だった。幼い瑠奈にとって旅行は楽しい反面、小さな身体での長距離移動は負担がかかる。その疲れも忘れてしまうくらい従業員の笑顔が眩《まぶ》しくて、幼いながらに感銘を受けた。

「笑顔は誰かを癒《いや》す魔法なんだな」

「そう！　魔法なの！　そこで出逢ったホテルのコンシェルジュはもっと素敵でね」

勢い余って話そうとする瑠奈はふと我に返り口を噤《つぐ》む。

「続きが聞きたい。話してくれるか？」

童心に返ったような反応をする瑠奈を愛《いと》おしそうに見つめながら彼はそう言った。それならばと瑠奈は咳払《せきばら》いをひとつして言葉を続ける。チェックイン時に両親とはぐれた瑠奈。

他の宿泊客に紛れ、心細くしていた時に声を掛けてくれたのがホテルのコンシェルジュだった。笑顔が柔らかく包み込んでくれるような雰囲気を持った一人の女性。彼女は腰を屈《かが》め瑠奈と同じ目線で対応をする優しい人だった。

「泣きながらしか話せなかったんだけど、その人は最後まで私の話を聞いてくれたの」

「素敵な人だな」

彼女は途切れ途切れに話す瑠奈の言葉を真摯《しんし》に受け止め、両親が見つかるまで手を繋《つな》いでくれた。心細さを埋めてくれた彼女のように誰かの力になれたら。あの時の思いが心の基盤になっている。

「私もあの人みたいに誰かの力になれてたかな」

「きっとね。誰かのために尽くせることは、素敵なことだと思うよ」

突然の称賛に戸惑い、何と返していいか分からず視線が泳いでしまった。褒められたいと思うくせに、いざ褒められると対応に困ってしまう。

「ごめんね、私ばかり話して」

「いや、話してくれてありがとう」

不意に溢《こぼ》した笑みがあまりにも優しくて再び鼓動が高鳴った。今日は心臓がポンコツらしい。

「あなたもこんな神社にお願いしに来るなんて、変わり者だね」

「こんな神社？」

「願ったら不幸になるって言われてるでしょ、この神社」

「あー、そんな噂は耳にしたことがあるな」

ここは町外れにある虎《とら》ノ崎《さき》神社。昔は祭りなどで盛り上がっていたけれど、何十年か前にこの神社の鳥居前で得体の知れない肉塊が毎日発見され、不吉だとされるようになった。名ばかりの神主も近づかないらしい。

「そんな神社に身銭なしで願いに来るお前も、十分変わり者だと思うけど？」

「ここの神様はきっと寂しがってるから」

「どういう意味だ？」

「誰もお願いしに来ないから人間不信になってるかも」

「面白いことを言うな」

「お願いなんてどうせ叶えてもらえないし、お賽銭の無駄かなって」

そう言うと、彼は肩を大きく揺らしながら笑い始めた。いい人なのか悪い人なのか分からない。

「そんなに笑わなくても」

「アハハ、すまない」

目尻《めじり》に溜《た》まる涙を指先で拭う姿も美しい。見惚《みと》れている瑠奈の頭は優しく撫《な》でられる。

「寂しい者同士、気が合うんじゃないか?」

「神様と?」

「ああ」

「どうかな。神様がいたら私の両親は死なずに済んだと思うし」

この神社の神様を悪く言うつもりはないけれど、どうやったって拭いきれない心の傷。手術をしても包帯を巻いても意味がない。神頼みをしている自分に驚いているくらいだ。

「お賽銭をあげないのは、貯金も少ないからっていうのもあるんだけどね」

「仕事でクビは辛《つら》いものがあるな」

「傷をえぐらないで」

自己都合退職に追い込まれた嫌な記憶が蘇《よみがえ》る。そう簡単に再就職できないだろうし、どうしたものか。肩を落として憂鬱《ゆううつ》な未来を嘆こうとした時だった。

「なら、ひとつ提案がある」

彼は先ほどのように両手で頬を包み込む。何をされているのかを理解しようとするよりも前に額同士が触れ合い、彼との距離は必要以上に縮まった。

そして――。

「俺の嫁に来ないか？」

風なんて吹いていないのに髪が揺れた気がした。言われた言葉は確かに聞き取れたけれど、彼の提案には違和感しか覚えない。

「え!?」

「俺の嫁に来いと言っている」

「や、なに言ってるの？」

「早く返事を」

いや、ちょっと待て。話の脈絡がおかしすぎてどこから整理をすべきなのかも分からない。

「嫁って、結婚するってことでしょ？」

「他になんの意味がある」

「無理です無理！」

「往生際の悪い小娘め」

ちっ、と舌打ちをされて固まってしまった。第一、初対面で名前を知らない人に求婚するってどうかしている。そんな相手に身の上話をしてしまった瑠奈も瑠奈だ。それでも彼の言葉はあまりにも身勝手すぎる。

「ただで金はやれんが仕事なら与えてやる」

「いやいや上からすぎません？」

「神様なのだから上から言わないでどうする」

「今、なんて？」

「上から言わないでどうす……」

「その前！」

神様って言ったよね。絶対言った。男女共に外見が良いだけで許されることは多いけれど、この発言はどう考えても中二病だ。関わってはいけない人という図が頭の中で完成した。

「やっぱり言わなくて結構です」

「神様なのだから上から言わないでどうする」

「私の話、聞いてた!?」

「よくもまあ毎日、身銭なしでこの神社へ来られるものだな。挙げ句の果てに、くだらない願いばかりを並べて」

「やっぱりストーカー!?」

話の通じない瑠奈に呆《あき》れたのか、彼は盛大なため息をついた。軽蔑《けいべつ》するかのように広い肩をこれでもかというくらい下げる。

「ご両親のことも、仕事で失敗したことも全部知っていたよ」

「え？」

「お前の人生を調べることくらい朝飯前だからね」

極寒の地に来たかのように身体が震えた。穢《けが》れを知らないであろう金色の瞳《ひとみ》は澄んでいて、嘘を言っているようには見えない。

「そういうの、ストーカーっていうんだよ」

「昔から顔を合わせていたら気になるものだよ」

「さっきも言ってたね。私は今日初めてあなたと顔を合わせたんだけど」

「俺は虎《とら》ノ助《すけ》、みんなにはトラと呼ばれている」

何を言うかと思えば自己紹介。トラはそのまま話を続けた。

「これでもアパートのオーナーをやっている」

「アパート？」

「実は管理人が産休・育休に入って人手不足なんだ」

管理人というのはホテルのコンシェルジュと似たようなものだろうか。だとしたら務まる仕事かもしれない。トラが嘘を言っているようにも思えず、瑠奈は話を続けることにした。

「その管理人さん、育休はどのくらい取る予定なの？」

「二年間は取ると言っていたから、戻るのはだいぶ先になる。どうだ？」

どうだと言われましても、こんな簡易的な面接で大丈夫なのだろうか。お賽銭《さいせん》もなしに参拝している者を雇うというのはどうかしている。

「衣食住は保証するよ。ただ、嫁に来るのが条件だ」

「その条件が重すぎるんだって」

「どうせ好きな男もいないのだろう？」

「うっ」

土足で踏み込まれているのに苛立《いらだ》ちを覚えないのは、もう諦《あきら》めているからかもしれない。自分を必要としてくれる会社はないし家族もいない。少しでも必要としてくれる人の下にいれば、それなりに楽しく生活していけるだろうか。

「ねえ、トラは本当に神様なの？」

何も意図せず発した言葉はトラの金色の瞳をより濃くする。まるで従わない者に制裁を加えるかのような鋭い眼力に瑠奈は唇を結んだ。同時に分厚い雲が太陽を覆い隠し辺りは暗くなる。先ほどまで静寂を保っていた鳥が何かの前兆を知らせるかのように騒ぎ始め、止まり木から一斉に空へと飛び立っていくのが見えた。落雷でも落ちたような感覚に陥り、身の毛もよだつような気配に身震いをする。目の前にいるトラは何者も寄せ付けないような雰囲気を醸し出していて、畏怖《いふ》すべき存在だと瑠奈は固唾《かたず》を呑《の》んだ。

「神様だよ」

弛《たる》んでいた糸が緊張を取り戻したように背筋が伸びる。トラに疑いの目を向けることは命を危惧《きぐ》することだと瑠奈は自分に言い聞かせた。そこでようやく再び太陽が地上を照らし始める。

「この神社のね。オーナーは副業だよ」

「そ、そうなんだ」

「トラはいい人っぽいし、信じてみる」

「気に入ったぞ瑠奈！」

どこかで調べ上げたであろう名前を嬉《うれ》しそうに言う。先ほどの威圧的な雰囲気とのギャップに拍子抜けしてしまった。名前を呼ばれて嬉しく感じるのは、疲労が蓄積しているせいかもしれない。

「でも、花嫁というのはちょっと」

「では、花嫁見習いというのはどうだ？」

「見習い？」

「瑠奈にはアパートの管理人として働きながら、俺を好きになるよう努めてもらう」

結局、花嫁になることには変わりないらしい。退職して以来、他人と関わることはしていないし、リハビリとしてもいい機会なのかもしれない。素直に頷《うなず》くとトラは人間味のある笑みを溢した。

「アパートはどこにあるの？」

「この神社の裏だよ」

この神社は小高い丘の上にあり、神社の裏は大袈裟《おおげさ》に言えば崖《がけ》だ。お世辞にもアパート

「疑わないのか？」

を建てられる土地があるとは言えない。

「本当に神社の裏？」

「俺の言うことが信じられないとでも？」

　金色の瞳は瑠奈だけを映す。恐怖を与えられたというよりも支配下に置かれたような気分だ。慌てて首を左右に振ると、先ほどの気配は嘘のように風に流される。

「行こうか、瑠奈」

「は、はい」

　たまに見せる威圧的な気配。これが神様特有のものだとすれば、今は素直に従っておいた方が身のため。無理やり作り出した唾液《だえき》で渇ききった喉《のど》を潤した。

「トラはどうしてアパートのオーナーになったの？」

「瑠奈と似ているかな」

「私？」

「安らげる場所を提供したいと思ってね」

　自分と同じ思いを言葉にするトラに瑠奈は目を見開いた。前傾姿勢を取る勢いで次の言葉を待つ。

「居心地の悪い家にいるのが辛くなったと言えばいいかな」

「どうして？」

「どうしてかな。理由を探しても誰が悪いという結論には至らなかった」

漏らされるため息からは記憶が垣間《かいま》見えてしまいそうなほどだった。言葉はそのまま空気に溶け、ずしりと瑠奈の心に届く。

「誰も悪くないって言えるトラはすごいね。私はパワハラを理由に退職しちゃったし」

責任の所在から目を背けることで心の安寧を保てるけれど、蟠《わだかま》りは残る。そんな自分を責めようとする瑠奈にトラは優しく言葉を掛けるのだ。

「逃げるのは悪いことじゃない。むしろ、今自分の置かれている状況を理解して行動を起こせたのだから、その判断は瑠奈にとって正しかったと俺は思うよ」

「そんなこと言われると思わなかった。嬉しい」

「礼ならキスが」

「しません」

「つれないね」

場を和ませようとしてくれているのかそれとも本能なのか。恐らく後者だろうと思いながらも、瑠奈は心が軽くなったように笑みを溢《こぼ》した。トラも穏やかな表情で言葉を続ける。

「皆、無意識のうちに居心地のいい場所を探して生きているから、瑠奈が退職をしたのも幸せへの近道だったと思うよ。それに瑠奈は今、自分が何をしたいかを導き出せているから気に病むことはない」

「トラは優しいね」

「瑠奈のように小さな悩みや不安を抱えている者は多いから、アパートのオーナーとして関わりながら不安材料を取り除いていければいいなと思ってね」

言葉ひとつでこんなにも心を温かくできるのは神様だから。その一言で片付けてしまうのが申し訳ないほど、トラの懐の深さに感服する。話せば話すほど共通点が多く瑠奈は少し高揚した。

「私も同じ気持ちでコンシェルジュを目指したの。ずっと我慢をしてきたから、不安や悩みを抱えている人に寄り添いたいなって」

「やはりうちのアパートにふさわしいな」

「ねぇ、そのアパートってどんな感じ？」

トラに気を許し始めた瑠奈は興味津々に尋ねる。過去に抱えている悩みが等しい気がして親近感を覚えたと言えば正しいだろうか。

「うちのアパートは朝晩の食事は食堂で取ることになっていてね」

「アパートなのに食堂があるの？」

「住人達も昼は仕事でいないから、それ以外は一緒にというのが鉄則事項。皿洗いは当番制だよ」

「当番制？　アパートっていうか寮みたいだね」

「皆で食卓を囲みながら一日の報告をしたり、他愛ない会話で盛り上がったりと和気あいあいとしているかな」

「楽しそう」

想像しただけで夢が詰まっていると思った。アパートであれば血縁関係のない住人が集まるだろうし、それでも和気あいあいとできるのはトラがオーナーをしているからなのかもしれない。親戚《しんせき》夫婦の家で萎縮《いしゅく》していた瑠奈にとって魅力的な場所である。

「ただ、訳ありの住人しかいないから瑠奈も慣れるのに少し時間はかかるかもしれないな」

「それを言ったら私も訳ありだね」

「では、すぐに婚約の契りを」

「だから花嫁には」

「果たさなければならない約束があるから、アパートを潰《つぶ》すわけにはいかないんだ」

「その約束って？」

「聞きたい？」

「教えてくれるなら」

「じゃあ、内緒」

愛らしく人差し指を唇に十字にクロスしてトラは笑った。あざとい神様に違いない。好意を抱いていたら恋心を奪われていたかもしれないけれど、瑠奈にとっては暖簾《のれん》に腕押し。

「トラって女遊び激しそう」

「あはは、老若男女問わず俺は好かれているよ」

「あっそ」

言葉のキャッチボールは暫《しばら》く続いた。虎ノ崎神社の神様だから虎の神様らしい。トラの好物は甘味でお肉はあまり好まない。嫌いなものは喧嘩《けんか》かな、と困ったように眉尻《まゆじり》を下げて言っていたから穏やかな虎だろうか。

「瑠奈」

考え事をしていると、行動を制止するようにしてトラの左腕が胸の前に伸ばされた。慌てて足を止めたけれど、あと一歩踏み出していたら急斜面を転がり落ちていたかもしれない。

「び、びっくりした」

「すまない。俺も呼び止めるのが遅くなってしまった」

「ううん、助けてくれてありがとう」

気づけば境内の裏。伸びきった大木の葉は外からの光を遮断するかのように空を覆っている。湿っぽいここは少し薄気味悪い。一面を見回してもアパートへの道はないし、それらしき建物も視界に入らない。眼下に広がるのは見慣れた街並みだ。

そのまま滑らせるようにして視線を足元へ移せば、蜘蛛《くも》の巣が張り巡らされた祠《ほこら》が陣取っている。なぜこんな所に、という詮索《せんさく》はやめにした。その傍らには手掌大の石が三つ並べられている。

「やっぱりアパートがあるっていうのは嘘？」

「俺は嘘はつかないよ。そこに石が三つあるだろ？」

「うん」

「その石を三つ綺麗《きれい》に重ねてごらん」

従うほかない瑠奈は膝《ひざ》を抱えて三つの石を視界に捉《とら》えた。河川敷に行けば落ちていそうな普通の石。どの順番で重ねようかという悩みは浮かばなかった。導かれるようにして手は動き、ひとつずつ重ねていく。何度も重ねられているからなのか、石はバランスを崩すことなく三つ綺麗に重なった。

「できた！」

「ほう、さすが瑠奈」

「小さい頃よくこういう遊びしてたからかも」

「それを祠の前に置いてごらん」

指示通りにそれをそっと置くけれど、何も起こらない。もしかして騙《だま》されたのだろうか。昔から素直に従ってしまう癖があるから一杯食わされたのかもしれない、という考えはすぐに覆された。中腰になるトラは祠に向かって唇を動かすのである。

「ただいま、源《げん》」

トラの言葉を合図に祠の扉はカタカタと揺れ始めた。風も吹いていないのにこういう現象が起きるということは、そういうことなのだろう。中から飛び出してくるのは口裂け女とかそういう類《たぐ》い。歪《ゆが》んだ想像をしながら乾いた唇を固く結ぶ。

ほどなくして揺れていた扉がピタリと止まった。続いて勢いよく祠の扉が開くと、中から毛並みの良い白猫が現れたのだ。左右で瞳《ひとみ》の色が異なるオッドアイ。右目は青い海のように美しく左目はイエローサファイアのように輝いている。猫といっても仁王立ちをしていて黒いタキシードを身に纏《まと》い、ズボンからは白い尾が生えている。

「お帰りなさいませトラ様。遅いお帰りでしたね」

「すまない。こちらの女性と少し雑談をしてしまってね」

睨《にら》むようにして目を細め、鼻の穴を何度も膨らませながら近づいてきた。まるで警戒する猫のように。そして、瞬きを繰り返しているだけの瑠奈に牙《きば》を見せるのだ。

「人間め！　トラ様と行動を共にするとは！」

「え!?」

「トラ様を軽率に扱う人間は私達の天敵！」

闘争心と鋭い爪を剝《む》き出しにして飛びかかろうとする猫。猫より犬の方が好みだから、それを察して怒らせてしまったのだろうか。あまりにも突然の出来事に思考が働かずそんなことを思ってしまう。

問答無用で襲ってくるのは鋭い爪に加え喉元《のどもと》を搔《か》き切ってしまいそうなほどの牙。反射的に両目を強く瞑《つぶ》ろうとした時である。

「手を出すな、源」

間一髪の所で制止したのはトラだ。猫が飛びかかってくる直前、金色の帯がテールランプのように走ったのが見えた。今は大きな背中が視界を奪っている。

「なぜかばうのです、トラ様！」

「源は随分と嗅覚《きゅうかく》が鈍ったようだな」

「女性？」

「と、申しますと？」

「石を重ねたのは俺ではない」

安堵《あんど》から腰の力が抜けた瑠奈はその場に尻餅《しりもち》をつく。すっかり蚊帳《かや》の外になってしまい、膝を抱えながら無関心のフリをしつつ耳を傾ける。どうやらこの猫は番犬ならぬ番猫らしい。石を積み重ねた者の前に姿を現すそうだ。

まさか。こんな人間が一発で石を積み上げられるとは思いませんが」

「俺も驚いたよ。嫁なだけある」

「お嫁様でしたらこのくらい朝飯前……嫁!?」

トラの嫁発言に疑問を呈したいのは瑠奈も同じだ。神社は神聖で崇高な場所であるから、少しばかり不思議な出来事が起こっても目を瞑れる。

しかし、嫁というのはまだ受け入れ難い。

「あの、嫁ではなく嫁見習いです」

「にゃんだと？」

「猫語？」

「失礼。見習いでも同じこと。トラ様が嫁とおっしゃるのなら嫁なのです」

口を尖《とが》らせながら言うということは納得していないのだろう。髭《ひげ》がピクピクと小刻みに動いている。

「大丈夫よ。今までの管理人さんが育休から戻られたら、私はクビだから」

「そうにゃのですか⁉」

「あ、また猫語」

「これは失礼」

源という猫は非常に興味深い生き物だ。動物と話せたらと思うことはあっても、実際そのようなことは起こり得ない。そう思っていたから口元が綻《ほころ》んでしまう。

「クビにするとは言っていないはずだが？」

トラが不服そうに顔を覗《のぞ》き込んできた。近くで見れば見るほど端整な顔立ちをしている。神様にも人間のように顔面偏差値というものは存在しているのだろうか。今までの人生でもこれほどまでに目を惹《ひ》く男性には会ったことがない。アパートの経営は副業と言っていたけれど、神様業では生活していけない世知辛い世界ということだろうか。

「瑠奈」

「はい！」

「全部筒抜けだぞ」

「あー、そういうの良くない！」

「まあいいだろう。俺の悪口ではなさそうだし」

そういう問題ではない。悶々《もんもん》と心の内で呟《つぶや》いていたことまで知られてしまうとは思わなかった。神様相手に隠し事は通用しないらしい。

「しかしトラ様、虎桜館《こおうかん》の住人がどう言うか」

「直に慣れるさ。瑠奈は皆が思うような人間ではないよ」

虎桜館というのはアパートの名前で、恐らくそこの住人も人間を嫌っている者達ばかり。

幸先《さいさき》不安になってきた。

「申し遅れましたが、私はここで門番をしております猫の源と申します」

「私は無職の月島《つきしま》瑠奈と申します。あの、源さんは」

「化け物、と言えば御納得いただけますか？」

笑顔の裏に隠れた苛立《いらだ》ち。抱いた疑問を率直にぶつけるのは相手を傷つけることになる。

瑠奈は直ちに謝罪をすることにした。

「あの、気を悪くさせてしまったら申し訳ありません」

「フン。人間が私に頭を下げていいのは食べ物を分け与える時だけだ」

言っている意味を理解できずに首を傾げていると、トラがフォローに入る。

「怒っていないという意味だよ」

「そうなの？　でも、私」

「どちらにとっても化け物さ。いつかその考えを払拭《ふっしょく》し、人間とあやかしが分かり合える日がくればいいとは思っているけどね」

遠くを見つめながら紡がれる言葉に胸の奥が締め付けられるような気がした。人間同士でも自分達と相反する者は敵という認識がある。合わない相手は蔑《さげす》み排除する。認めたり譲り合うということは案外難しいもので、窮屈な世界で自分を押し殺す人間も少なくない。トラのような人で溢《あふ》れれば世界は幸せになるのだろうか。

「それにしてもトラ様、この人間は煩悩が少なすぎますね」

会話の腰を折るようにして源が割り込んできた。瑠奈が積み上げた石をひとつひとつ手に取りながら首を傾げている。

「そんなにか？」

「それなりにはありますけど、こんなに軽い石は初めてです」

煩悩が少ないとはどういう意味なのだろう。皆目検討もつかない会話に瑠奈は首を傾げる。

「どういう意味？」

「瑠奈が積み上げた三つの石には三毒《さんどく》の意味があってね」

「三毒？」

「簡単に言うと煩悩のことだよ。アパートの住人は人間の煩悩を特に嫌っていてね」

「あやかしは純粋ってこと？」

「というよりも繊細かな。源の仕事は、煩悩に蝕《むしば》まれた者をアパートに近づけさせないことだよ」

三毒には貪欲《どんよく》・瞋恚《しんい》・愚痴の意味があり、石に触れた時点で煩悩が各石に投影されるらしい。つまりは欲まみれの者を排除するという意味だろうか。

「石を一発で積み上げられた瑠奈はすごいんだよ」

「どうして？」

「石の重さや形は煩悩に比例する。普通の人間であれば積み重ねられないようになっているんだ」

煩悩は自分では気づかないうちに膨れ上がっている。石の重さや形状が違えば積み重ねることは困難。それを迷いもなく一発でやってみせたということは、煩悩に蝕まれていないという意味になるらしい。

「人間はこの石すら持てないというのに、不思議な人間がいたものですね、トラ様」

「俺の嫁だからな」

「だから嫁じゃないってば」

褒められているのに素直に喜べず瑠奈は頬を膨らませた。その頬を包み込むようにしてトラの両手が滑らされる。

「瑠奈はもう少し我儘《わがまま》を言ってもいいんだよ」

「私の我儘が誰かの負担になるのは嫌だから言えないよ」

「俺は大歓迎だけどね。瑠奈が俺に心を開いてくれる日が楽しみだな」

他人に期待をしても裏切られるだけ。自分の身は自分で守らなければならないのだから、トラを頼ることもきっとない。

「陽も沈みかけているし、そろそろ行こうか」

「行こうって、どうやって？」

見渡しても先ほどと景色は同じ。夕陽に照らされる街並みが茜色《あかねいろ》に染められ、絵画でも観ているような気分になる。

「祠《ほこら》の周りをよく見てごらん」

言われた通りに視線を足元へ滑らせる。湿った土の上には薄桜色の花弁がまばらに散り、その間を縫うようにして蟻が群れを成している。そして、祠の左脇には先ほどまでなかった線が崖下《がけした》へ向かって伸びていた。子どもの頃、公園の地面に木の枝で落書きした線路と全く同じもの。

「道がなければ作ればいい」

「え？」

「人間はそこにあるものしか見ようとしないからね」

言われて素直に頷《うなず》いたのはその言葉が正しいと思ったから。探求心というものを無くしてどのくらいが経っただろうか。人の目を気にして生きてきたせいで視野が狭くなっている。

「この道は石を積み上げなければ現れない仕様でね」

「そうなの？」

「住人が道を渡り切ったら自然と消える」

落書きの向かう先は崖《がけ》。滑落することしか考えられず拳《こぶし》を握る。それを察してかトラが瑠奈の手をぎゅっと握った。

「俺も一緒だから大丈夫だよ」

トラに触れられると、不思議と気持ちが軽くなるのはなぜだろう。これも神様の成せる技なのだろうか。「ありがとう」と言えば、トラは優しい声色のまま言葉を続けた。

「今から源がひとつ石をあちらに転がすから見ていてごらん」

トラの合図で源は石を転がし始めた。コロンと転がる石は崖の狭間《はざま》で忽然《こつぜん》と姿を消す。崖下に転がった音は聞こえない。

「石が消えた！」

「俺達がここを渡り切ったら石があるはずだよ。無事渡ったことを知らせるために、また石を源の方へ戻す約束になっている」

「なるほど」

「源、あとは頼んだよ」

「かしこまりました」

瑠奈をエスコートするようにトラは描かれた線路の上に立つ。今の気分は線路を走る列車のよう。

「怖いか？」

「少し」

「落ちたりしないから大丈夫だよ。着いたら教えてあげるから目を瞑《つぶ》っていなさい」

神様なのに温かくて優しい手。そういえば、小さい頃もあの友人と手を繋《つな》いで冒険ごっこをしていたっけ。両親が亡くなった後、親戚《しんせき》の家に引っ越してしまったから冒険ごっこをすることもなくなった。交友関係もほとんどなくなり孤立した人生を歩むことに……。

「誰かに優しくされるの、久々かも」

「今まで孤独でいた分、瑠奈は誰かを頼るべきじゃないかな」

その言葉に頷く代わりに瞼《まぶた》を閉じ、ゆっくりと足を進ませていく。真っ暗なのに安心できるのはトラの手が包み込んでくれているからなのかもしれない。事故後、冷たくなってしまっていた両親の手とは全然違う。トラの手は温かくて柔らかい。

遮られた視界の中で研ぎ澄まされる聴覚は余計な音を拾わない。聞こえるのは期待と不安が織り混ざって高鳴る鼓動音。

そして——。

「着いたよ瑠奈。目を開けてごらん」

入り込んできた光に目が眩《くら》みもう一度瞼を閉じる。そこから再び瞼を開き視界を慣らしていくと、景色は一変。

「わぁ！」

「ようこそ、瑠奈」

視界一面に広がるのは色鮮やかな竹林。肌に触れる風も心地よい。息を吸い込めば澄んだ空気が全身に行き届き、穢《けが》れを払ってくれるような気分になった。足元には祠の脇にあった線路の落書きと源が転がした石がある。

「源に石を戻してあげなさい」

「うん」

視線の先にはまだ奥まで続く竹林があるのに、転がした石は落書きの端で消えた。そこがこちらとあちらの境目なのだろう。

「あちらの世界へ戻る時は、この道を戻ればいいよ。こちらの線は消えないからね」

「じゃあ、源さんはお一人でずっとあちらに？」

「そうだよ。心配か？」

瑠奈はゆっくりと頷く。もともと虎ノ崎神社に人はいないから孤独を感じていないかもしれない。それでもふとした瞬間に込み上げてくる寂しさはきっとある。強がりを見せる者ほど心の内で抱えているものは深く大きいから。

「瑠奈は昔から優しいな」

「昔から？」

「いや……。源はマタタビが好きだから、たまに土産を持っていってやるといい」

「うん！」

まだ繋がれたままの手を意識する間もなく、トラは竹林の小路を進んでいく。次第に開けてくる景色。視界に飛び込んできたのは老舗《しにせ》旅館のような建物だった。門構えも重厚感があり、アパートという印象は受けない。取りつけられた木製の看板には「虎桜館」と書かれている。

「この名前はトラが考えたの？」

「そうだよ。桜の季節には出逢《であ》いがあるだろう？」

「確かに桜といえば新生活の始まりかも」

「出逢いには意味がある。住人達によって抱える悩みは違うから、ここでの出逢いがその悩みを解く一助になればと思ってね。決して一人ではないという意味を込めて」

「トラは優しいのね」

すると、こちらへ向かっていくつかの足音が聞こえてきた。軽快なステップを踏みながら楽しそうな声を発している。ほどなくして足音の主は現れた。

「おかえりなさい、トラ様！」

小学校低学年くらいの子どもが三人、トラの足に抱きついた。トラも子煩悩のように優しい眼差《まなざ》しで頭を撫《な》でている。

「ただいま。いつもお迎えありがとう」

三人にも人間とは異なる部分がある。三人の中で一番背が高い男の子は、耳周りのスッキリした短い黒髪。気持ちばかりであるが黒色の羽を生やし、くりくりとした瞳《ひとみ》をしている。次に背が高い男の子は白くて柔らかそうな髪からうさぎの耳を生やし、深紅色の瞳はビー玉のように美しい。一番小さい男の子はモカブラウンの髪に小さな耳と、身体に比べて大きい縞《しま》模様の尻尾《しっぽ》を小刻みに揺らし、つぶらな瞳をしている。

「今日はどこへ行かれたのですか？」

「奥地にある滝まで行ってきたよ。君達のようにまだ小さい動物もたくさんいた」

「もっと聞かせてトラ様」

瞳を輝かせて興味を示す姿は仕事帰りの父親を待ちわびていた子どものよう。瑠奈も両親が生きていた頃は、眠いのを我慢して父親の帰りを待ち「おかえりなさい」と言ってよく頭を撫でてもらっていた。可愛い笑顔を見たら疲れも飛ぶというけれど、こういうことなのかもしれない。三人の無垢《むく》な笑顔を見ていると家族ではないのに帰ってきて良かった、生きていられて良かったと大袈裟《おおげさ》に思えてしまう。今となっては亡き両親と掴《つか》めない幸せ。この光景は幼い頃の自分と重ね見ることができて少しだけ心が温まった。

「あの、トラ」

「すまないね瑠奈。紹介するよ」

同時に皆の視線が瑠奈に集中した。穏やかな瞳をしているのはトラだけ。他の三人は源と同じような態度を取る。

「羽を生やしているのがカッコウのマオ、兎のイロハと、最後にリスのルキだよ」

三人は瑠奈に鼻を近づけて匂いを嗅《か》ぎ始めた。本日二度目のやり取りに驚くことはしない。

「人間くさ！」

「えっと」

「あ！　お前、最近神社を荒らしに来てる人間だな？」

「荒らし？」

敵意剝《む》き出しの三人はトラを守るようにして瑠奈の前に立つ。トラがいかに愛されているのかは分かったけれど、この場を収束させるにはどうすればよいのだろう。

「だいたい何で人間がここへ来られるんだよ！」

「石を積み上げて」

「はぁ!?　人間があの石を積み上げられるわけがない」

「うーん」

「人間なんて穢《けが》らわしい！　自己欲に満ちた人間なんて敵だ！」

言葉がナイフのように突き刺さる。この子達が人間に何かをされたのは間違いない。否定したくてもまともに会話をしてくれそうにないから困り果てる。

「この子達は、よく神社で遊んでいてね」

「だから私を知っているのね」

「ああ。ここ数十年、人間があの神社へ足を踏み入れることはなかったから、皆が警戒していたんだ」

「ご、ごめんなさい。怖がらせてしまって」

何も考えずにお賽銭《さいせん》なしで願い事をしていたことを今になって後悔し始める。神社は人間だけのものではないと知ったから、身勝手過ぎる言動を反省する以外なかった。

「いつも身銭なしでやってきて、どうでもいい願いを言う人間がいると報告を受けてね」

「……それは否定できないかも」

「帰る間際はいつも人知れず泣いているという報告も」

「っ、泣いてなんかないです」

突っぱねるようにして顔を背けたけれど、トラが確認を怠るはずがない。皆を守るためにどのような人物であるか、自分の目で確かめるはずだから。

「ごめんなさい。嘘をつきました」

「うん。きちんと謝れて偉いね」

褒めるように撫でられる髪。調子が狂わされてばかりの瑠奈は静かになる。

願い事をしても気分が晴れることはなかった。家に帰っても出迎えてくれる人もいなければ部屋の明かりさえ灯《とも》らない。孤独になるのが怖かった。それが帰り際の涙の意味。

「大丈夫。瑠奈は一人じゃないよ」

「トラ……」

「暫《しばら》く風当たりは悪いかもしれないが、ここには必ず誰かがいる。何か困ったことがあれば俺に相談するんだよ？」

神様だからここまで優しい心で接してくれるのかもしれない。でなければ、大事な仲間の遊び場を掻《か》き乱す人間を許しておかないと思うから。

「トラ様を呼び捨てにするな、人間の女！」

「へっ、あ、ごめんなさい」

「あと人間くさい！」

「それは私に言われましても」

前腕を鼻に近づけて嗅いでも柔軟剤の匂いしかしない。すると、トラが思い付いたように「あ！」と声をあげるのだ。

「トラ？」

「人間くさいなら、こちら側の匂いにすればいいと思ってね」

「それって、どういう……」

言葉の途中で重なる影。それは、スローモーションのような出来事だった。ゆっくりと瞼を閉じるトラ。瞼を閉じると同時に降ったのは——

「——っ⁉」

「これで少しはマシになるだろう」

「な、なななにを」

「本番は両想いになるまで我慢するよ」

「そういう問題ではなく！」

右頬への優しい口付け。驚きを隠せないのは瑠奈だけではない。子ども達も顔を真っ赤にさせて魚のように口をパクパクさせている。

「人間の女のくせにトラ様にキ、キスしてもらうなんて羨《うらや》ましい！」

「え、そっち？」

「お前なんて嫌いだ！」

仲良く三人揃って舌を出しアパートへ駆けていく。嵐のように去る小さな背中に瞬きを繰り返すことしかできない。

「匂いが消えるよう意識的に瑠奈に触っていたつもりだったけど、そう簡単には消せないか」

　ボディタッチの多い理由がそれだと知ってなぜだか傷つく心。油断をして気を許すと、こういうことになるのだから気をつけなければ。

「ねぇトラ、やっぱり人間の私なんかがここで働くのは」

「あの子達の言っていた通り、普通の人間であればここへは来られないよ」

「え？」

「もし来られたとしても、腐敗した魚のように人間臭が一気に充満して住人が血相を変えて飛んでくるはずだ」

「うん？」

「皆はそれをしない。つまり、瑠奈はそこまで警戒されていないということだよ」

　安心しなさい、と撫でられる手は優しさのみでできている。

「トラってお父さんみたい」

「おとう、さん？」

　瑠奈の言葉にトラは目を丸くした。言葉の意味を捉《とら》えきれていない様子で瞬きを数回繰り返している。

「小さい頃、こうして撫でてもらったな」

父親の大きな手で撫でられると些細《ささい》な悩みも和らいでいった。言葉だけでは補えない愛を、両親は惜しみなく注いでくれていたように思う。目を背けたくなる記憶の中には温かいものが沢山詰まっている。もう戻ることはないけれど、確かに残る記憶だけが心の支えになっていた。

「瑠奈が望むなら、いくらでも撫でてあげるよ」

「はいはい」

「つれないね」

「つれません」

少しだけ心が揺れたことだけは秘密にしておこうと思う。いずれ来る別れなのだから深入りして後悔することだけは避けたい。

「では、行こうか。新しい家へ」

「うん！」

期待に胸膨らむ新生活。神様に求婚された日、瑠奈はあやかしアパート「虎桜館」の管理人として就職した。

あやかし達に振り回される日々は、まだ始まったばかり。

あやかしは人間が嫌いらしい

「ここが管理人室だよ」

木造建築のアパートは少し湿っぽい香りがした。玄関というには少し広い作りの石畳。両サイドには朱色の番傘が飾られている。元はもっと鮮やかな色だったであろう番傘。それも埃《ほこり》が積もっているため薄汚れて見えた。

「今は書類が山積みだけど、一応ここから住人の出入りを確認できるようになっているからね」

管理人室は帳場といったところだろうか。来訪者が分かるように広めに作られたカウンターには、大量の書類が積み上げられている。

「これは……」

「書類をさばくのが苦手でね」

「そういう問題じゃないような」

ホテルでも書類の量は膨大だったし、これは腕の見せ所かもしれない。

「住人についてはそこの台帳にリスト化してあるから見ておくといい」

「ありがとう」

ファイルに挟まれている和紙には号室の下に住人の名前が記載されていた。先ほど会った三人の名前ももちろんある。空き部屋もあるから増えることもあるのだろう。

「トラの名前がないけど、何号室？」

「おや、夜這《よば》いでもしてくれるのかな？」

「もう、違うってば！」

「あはは、冗談だよ。俺は離れで寝泊まりしているよ」

台帳をもう一ページ捲《めく》ると離れの欄にトラともう一人の名前が記載されていた。なぜか文字が滲《にじ》んでしまっていて名前を読み取ることができない。

「もう一人離れにいるの？」

「嫉妬《しっと》かな？」

「怒るよ」

「怒った瑠奈《るな》も見てみたいな」

ため息が自然に出てきてしまう。言い返す元気はない。じっと見つめる瑠奈にトラは少し間を置いてから答える。

「仮の住人とだけ言っておくよ」

バツが悪そうに後ろ髪を掻くトラはそのまま言葉を続けた。

「俺が離れなのは帰りが遅くなる時もあるからだよ。皆を起こしてしまわないようにね」

「ほんとにそれだけ？」

「はは、さすが瑠奈だね」

「気を遣わなくてもいいのに」

「これでも一応神様だから。俺がひとつ屋根の下にいたら皆も緊張して休めないだろうし」

神様だからといって傲慢《ごうまん》にならないところは好感が持てる。きちんと休めているのだろうか。

「心配いらないよ」

「もう、また心を読んだの？」

「聞こえてしまっただけだよ」

「嘘つき」

それにしても、ここの管理人業は大変そうだ。人間嫌いの住人が人間の管理人を受け入れてくれるとは思えず、悲嘆するかのように再びため息が漏れる。

「片付けは後にして、まずは夕食にしようか」

「あ、もうそんな時間。源《げん》さんの所に戻ってコンビニに行ってくるね」

「その必要はないよ。皆揃って夕刻六時に着席する決まりになっているから、瑠奈もおいで」

先ほどからお肉の芳しい香りが鼻腔《びくう》をくすぐっている。腹時計も騒がしくなるわけだ。

「私も一緒に大丈夫？」

「それがここのルールだから。従わない者は追い出すよ」

清々《すがすが》しい笑顔に身震いした。時折見せる表情はたまに怖い時がある。

管理人室を背にして右の道を真っ直ぐ進んだ所に食堂はあった。扉の向こうからは楽しそうな声。ご飯が食卓に並べられる前のわくわく感を思い出した。孤食に慣れていたから余計にそう思うのかもしれない。

「皆、待たせてすまない」

「トラ様！」

扉を開けてトラが姿を見せると笑顔で出迎える住人達。続いて瑠奈が食堂に一歩足を踏み入れるなり殺意に満ちた視線が集中。当然のように野次が飛んでくる。

「人間が何の用だ！」

箸《はし》で応戦しようとするのはマオ達だ。この視線もこの態度も、早いものでもう慣れてしまった瑠奈は愛想笑いで返す。信頼を得ていない以上何を言っても意味がないから。

「これ！　静かにしないか」

　食堂の奥からお玉で中華鍋《なべ》を叩《たた》きながらやってきたのはエプロン姿の豚。薄桃色の肌にフリルのついた白いエプロンをつけていて、料理長というより肝っ玉母さんの印象だ。包容力のありそうな大きな身体につぶらな瞳《ひとみ》。長年愛用しているであろうエプロンには料理長の証《あかし》である汚れが染み付いている。

「バァバだって嫌でしょ。人間と同じ空間にいるの」

「あたしだって嫌だよ」

「折角のご飯が激マズになるし追い払ってよ」

「いいからお黙り！」

　どうやら名をバァバというらしく、ここでは相当な権力を持っているらしい。皆ぶつぶつと口を尖《とが》らせながら席に着席したのがその証拠だ。最初に出逢《であ》ったあの三人は相変わらず鋭い視線を浴びせてくる。

「よお、人間」

「っ!?」

　気づいた時には低い声が耳元で聞こえた。なぜか肩に腕を回されている。視界の端から見えるのは、毛先に緩くパーマがかった橙色《だいだいいろ》の髪と七色に輝いている羽。トラより背丈は少し低く、外見から受ける印象はどちらかというと問題児の印象だ。黒い着物は胸元を広く開け腕捲《うでまく》りをするなど着崩すのを好むらしい。

「へぇ、人間を連れてくるとは。トラ様も大胆じゃねぇか」

「あ、あの」

「俺はアゲハ蝶《ちょう》のショウキ」

軽快なノリに戸惑っているとショウキの腕はトラによって払われた。

「ショウキ、誰の許可を得ての行動だ？」

「へいへい。すんません」

「お前はもう少し真面目に……」

「蝶は蜜《みつ》が好物なんでね。うまそうなら人間でもお気に入りにするぜ？」

「今すぐ追い出しても構わないけど、どうするかは自分で考えろ」

「へいへい」

どこの世界にもこういうキャラはいるのだな。憎まれ役を買っているのか元々の性格なのかは分からないけれど、トラも手を焼いているらしい。

トラに怒られたショウキは羽を折りたたむようにして着席した。ショウキの隣で物静かに座っているのは小柄な女性。赤い着物を着ており手の爪には綺麗《きれい》な朱色のネイルがされている。

「また調子に乗ったのね」

「この生活も飽き飽きしてたしな」

「トラ様を怒らせてはダメよ？　破門にされても知らないから」

「クレハはもっと好奇心を持とうぜ？」

「大きなお世話」

それに重ねるようにして狐憑《きつねつ》きの男が呆《あき》れたように言葉を紡ぐ。

「そろそろ破門にされてもいいと思うがな」

「けっ。ナギトこそ、その冷たい性格直せ」

「貴様に言われる筋合いはない」

ショウキを相手にしないナギトに声援を送る者が二人。白いドレスをお揃いで着飾っている双子の女の子。淡いエメラルドグリーンの髪をツインテールとポニーテールに結わいている。

「ナギトさん素敵です！」

「騒ぐなミレイナ」

ツインテールの女の子はミレイナ。ナギトにお熱のようで瞳がハートになっている。

「ナギトさんがいれば十分。ショウキなんて、とっとと破門にされればいいのに」

「んだと!? もう一回言ってみろエレミィ!」

何やら騒がしくなってきた。ポニーテールのエレミィとショウキとのいがみ合い。そこでようやくトラが声を上げるのだ。

「今は食事の時間のはずだが?」

その言葉を合図に皆の視線はテーブルへ向き騒ぎは鎮火された。視線のやり場に困った瑠奈は住人達を流し見る。この場にいるのはトラと瑠奈を入れて十名。まだ空席がひとつある。遅刻だろうかと心で呟《つぶや》く瑠奈にトラが言葉を繋《つな》げた。

「そこはいつも空席だよ」

「また心を読んだの?」

「その住人には俺も手を焼いていてね。極力近づかないように」

「無視ですか」

結局促されるままトラの隣席に座らされてしまった。恐らく先ほど言っていた〝仮の住人〟のことなのだろう。考えることを放棄した瑠奈は料理に意識を向ける。人数分の料理が用意されたダイニングテーブルはとても華やかだ。

「これ、私の分?」

「そうだよ。瑠奈をここへ招くと昨晩バァバに話しておいたからね」

バァバに視線を送ると勢いよく外されてしまった。料理を用意したのは歓迎してくれたわけではなくトラに頼まれたからにすぎない。むしろこれを食べたら出ていけというオーラがひしひしと伝わってくる。

「今日のメニューは豚肉の香草焼きと野菜の酢の物だよ」

バァバが献立を説明し始めるとショウキが頬杖《ほおづえ》をついて憎たらしく口を開いた。

「よっ、バァバは共食いがお好き」

「文句を言うショウキにはタバスコを添えなきゃかい？」

「うわー、バァバが作った豚肉うまそう！」

「白々しい男だよ、まったく」

これはいつもの流れなのだろう。皆我関せずで目の前に並べられた料理を見つめていた。

花の形をした陶器皿には少し焦げ目のついた豚肉の香草焼きが盛られている。クレソンが飾り付けられているのが何ともお洒落《しゃれ》だ。透明の小鉢にはきゅうりと人参の酢の物、オニオンスープにライスといった盛り沢山のメニュー。

「わぁ、美味《おい》しそう」

「バァバの料理はうまいに決まってんだろ人間め」

トラの右隣に座っているマオがやたらと突っかかってくる。子ども相手にイライラすることはないけれど、人間であることが苦しいと初めて思った。結局どこへ行っても居場所は作れないのかもしれない。両親がいた頃に戻れたら……。

「やめないかマオ」

「トラ様は人間に甘いんですよ。参拝者がいなくなったせいでトラ様も体調を崩してばかりじゃな……」

「お喋《しゃべ》りが過ぎるぞ」

マオの口元を左手で覆うトラ。その威圧的な態度に圧倒される住人達。小刻みに頭を縦に振るマオの口元から静かにトラの手が離される。

「トラ、どこか具合悪いの？」

「そんなことより瑠奈。材料は全て人間界のものだし、バァバお手製だから味の保証はするよ」

「また無視ですか」

「では、自己紹介は食後にして冷めないうちにいただこうか」

花嫁候補のわりには隠し事をされている。壁を作られてしまっては入り込めない。

何事もなかったようにトラが両手を合わせると、皆も同じように手を合わせる。こういう景色を見るのは両親が亡くなって以来かもしれない。「いただきます」と声を合わせて箸を持ち、それぞれが好みのものをつまんでいく。

ここ最近はカップ麺《めん》で済ますことが多かったし、誰かと食事を摂《と》るのもどれくらいぶりか思い出せない。職場でも居場所はなく非常階段で昼食を摂っていた記憶がまだ新しい。

「口に合わないか瑠奈？」

「え？」

トラの指先が目尻《めじり》に触れ、悲しい記憶が溢《あふ》れ始めていたことに気づいた。視界が歪《ゆが》んでいたのはこのせいだったのか。

「ううん、とても美味しいよ」

「なら、どうした？」

誕生日に両親を亡くしてから肩身の狭い思いをしてきた。親戚《しんせき》夫婦の家にも同い年の女の子がいて瑠奈のことは二の次。幼いながらに疎外感を覚え、休みの日は架空の予定を作り上げ出掛けていた。玄関で見送りをしてくれる時もあったけれど、それは邪魔者が消えることへの安堵《あんど》から行われている行動。「楽しんできてね」と言う目は笑っていなかったように思う。偽りの笑顔で「行ってきます」と告げ、すれ違う家族連れを羨《うらや》むことは何度もあった。肌寒いクリスマスシーズンは心の虚《むな》しさを助長させ、人目のつかない路地裏で膝《ひざ》を抱え涙を流していた記憶がある。一人で食べる涙味の食事はとても虚しく味気なかった。

「誰かとご飯を食べるの、久しぶりだから」

持っていた箸《はし》を箸置きに置くと、皆も同じように手を止めた。人が真面目に話している時は耳を傾けるといった習慣がついているのだろう。トラの器量がうかがえる。すると、ルキが右手を挙げた。

「ごめんなさいお話し中。トラ様、おしっこ行きたい」

「行こうか。すぐに戻るからね、瑠奈」

子煩悩な父親という言葉がピッタリだと思った。先に食べているよう告げてルキと共に食堂を出ていく。人間嫌いのあやかし達の中に取り残される瑠奈は窮屈さを感じていた。

まだ誰も箸を持とうとしない。少しの沈黙が続いた後、ミレイナが口を開く。

「ねぇ、なんでトラ様に優しくされてるの？」

「え？」

「どう見ても普通の人間だし、トラ様をどうやってたぶらかしたの？」

ミレイナが頬を膨らませると食堂の気温が一気に下がる。季節はまだ春なのに寒が戻ったようだ。ミレイナの両手が触れているテーブル部分から霜柱が立ち、それは徐々に凍っていく。

「やめないか、ミレイナ」

「えー。ナギトさんが言うならやめる」

不服そうに姿勢を正すと凍っていたはずのテーブルは元通りになり寒さも引いていった。きっとミレイナとエレミィは絵本に出てくる雪女。バァバの手料理はまだ温かく湯気が立っているのに対し、二人の料理だけは霜が降りている。

「皆さんは人間が嫌いなんですか？」

「人間なんて大嫌い。だから貴女《あなた》も嫌い。このアパートはトラ様がご厚意で建ててくださったの。また人間なんかに居場所を奪われたくないわ」

クレハが鋭い瞳《ひとみ》で言い放つ。また、とはどういう意味なのだろ。どうしてと問う前に双子が喋り始める。

「ほんと人間って甲斐性《かいしょう》なし。誰のおかげで願いが叶《かな》ってると思ってんだか」

「願いが叶わなかったら文句言うしね。身の丈に合わないお願いだって気づけって感じ」

まるで願いを叶えてやっているというような口振りだ。昔は虎《とら》ノ崎《さき》神社はたくさんの参拝者で溢れていた。トラも願いを叶えるのに苦労をしていて愚痴を溢《こぼ》していたのかもしれない。

「まあまあ、そういじめてやんなって」

「ショウキだって人間嫌いのくせによく言うよ」

「トラ様が連れてきたんなら受け入れるしかねぇだろ」

「でも！」

「それに、あの源がそう易々《やすやす》と悪い人間をここに送り込むわけぇねぇし」

「そうだけどさ」

ショウキとエレミィがぶつかり合っている所でようやくトラとルキが戻ってきた。鬼のいぬ間にではないけれど、繰り広げられていたあやかしからの猛攻撃にトラも気づいたようだ。悪化した雰囲気に眉《まゆ》をひそめながらゆっくりと椅子に腰かけた。戦々恐々としながら皆がトラの第一声を待つ。

「文句があるなら瑠奈ではなく俺に言いなさい」

「お言葉ですがトラ様、人間に苦しめられているというのに、なぜこのタイミングで人間の手を取るのですか？」

「瑠奈はそういう人間ではないよ」

意見するクレハからは苛立《いらだ》ちしか感じられないけれど、トラはそれを一蹴《いっしゅう》した。そして、箸置きからそっと箸を持つのである。

「料理が冷めてしまうよ。食事だけは楽しく美味しくいただきたいという俺の願いを忘れたのか？」

トラは安らげる場所を提供したくてこのアパートのオーナーをしていると言っていた。

人間嫌いのあやかし達のためにそれをしているのだとしたら、やはり人間がここに足を踏み入れるべきではないのだと思う。

「私も人間が嫌いです」

「瑠奈？」

「でも、そう思う私はもっと嫌い」

ぎゅっと作る握り拳《こぶし》をそのままゆっくりとほどいていく。もうこれが最後と思い、伝えたいことを言葉にすることにした。

「十歳の時に両親を事故で亡くしてから、誰かを大切に思うことが怖くなったの」

「なぜだ？」

「いつか別れは来るものだけど、大切にしていた人との別れはとても苦しいから。だから一人になる道を選んできた。人間の私が言うのも変だけど、人間って温かいようで冷たい。助けを求めても相手にしてもらえなくて。悲嘆していた私をトラが助けてくれたんです」

「無理に言う必要はないんだよ、瑠奈」

「ううん。皆が安らげる場所をトラと一緒に作りたいの」

新しい居場所を見つけてみたいと思った瑠奈の言葉に偽りはない。偽善だと思われるかもしれないけれど、トラの大切にしているものを共有したいと思った。

「人間嫌いの人間とか笑わせてくれるじゃない」

クレハは鼻で笑うと箸を持った。これ以上話をしたくないという意味に捉《とら》えてしまう。嫌いな人間に耳を傾けている時間すら勿体《もったい》ないだろうし、仕方がないと諦《あきら》めかけた時だ。

「悪い人間ばかりでないことは皆も理解しているはずだけどね」

「でも、トラ様」

「頭ごなしに否定をしていたら縮まるものも縮まらない。瑠奈の行いを見て気に食わなければ追い出せばいいけど、そんなことで出ていく人間ではないとだけ言っておくよ」

追い出しを止めはせず逃げる選択肢を奪うトラは神様よりも悪魔に近い。トラの言葉で闘争心を燃やす住人達。悪魔の手下に見えるのは、瑠奈自身が部外者だと理解しているから。

血縁関係がない家族は他人。それを親戚夫婦の家で痛感してきた。授業参観や運動会、親子行事は全て実子優先で、名前を呼んで応援してもらった記憶は数える程度。優先順位はいつも下。悩みや不安があっても心の内を明かすタイミングがなく、自己消化するしかなかった。

トラと一緒ならば同じような思いをしている人を救えるかもしれない。住人達がトラを慕っている姿や、トラが住人達に分け隔てなく接している姿を見てより強く思う。ここでならコンシェルジュとして目指していた目標を追い続けていける、と。

「私は人間です。匂いもくさいかもしれない」

トラの好意を無駄にしたくはないし、変わらないでいた毎日を初めて変えたいと思った。もう一度だけ自分の居場所を作れるのであれば、トラの近くで苦楽を共にしたい。そう願った瑠奈は意を決してそれを口にする。

「管理人代行として少しだけお時間をいただけませんか？」

椅子を後ろへ引き背筋を伸ばしながら瑠奈は深々と頭を下げる。仕事中もよくしていた行為だけれど、今はそこに確かな心がある。

「ダメだね」

拒否の言葉に頭を上げると、ショウキが右手をひらひらとさせながらため息を漏らしていた。否定の意味で捉えた瑠奈は小さな肩を丸めて困ったように笑みを溢す。

「そうですよね。人間なんて信用ならないですもんね」

「ちげぇよ」

「まだあんたの名前を聞いてない。じゃなきゃあんたのこと、呼べないだろ？」

「え？」

するとトラが小さく笑った。

「ショウキのこういう所が破門にできない理由だな」

「けっ。トラ様だって俺がいないと悲しむくせに」

「はいはい」

少し拗《す》ねてみせるショウキもまるで子どものよう。他の皆は歓迎ムードではないけれど、トラが連れてきた手前反抗できないのだろう。頬を膨らませながら見つめてくる。

「無職の月島《つきしま》瑠奈です。トラに仕事を紹介してもらってここに来ました」

「瑠奈ちゃんね、オッケー。あんまり人間くさくないから大丈夫だよ」

そう言われて反射的に袖口《そでぐち》を右頬にあててしまった。人間の匂いを和らげるためトラにされたキス。思い出すだけで鼓動が速くなる。すると、瑠奈の気持ちを察しているにも拘《かか》わらずトラは意地悪をするかのように発言した。

「それは俺が瑠奈にキスをしたからな」

「は⁉」

椅子から転げ落ちるショウキは目を見開いている。どうして事を荒らげるかな。誤解を生むような発言はやめてほしい。

「ちょっとトラ！」

「自己紹介が雑すぎるから付け加えるけど、瑠奈は管理人代行兼俺の花嫁見習い。そこの把握は忘れずに頼むよ」

間髪を容《い》れずに湧き起こるブーイング。再び威嚇が始まった。

「花嫁見習いって、花嫁になるってことかい？」

バァバが青ざめた表情で言うと、トラは満更でもないような顔で頷《うなず》いた。続いて食ってかかってきたのは双子だ。

「同情で気を引こうだなんて最低！」

「トラ様のお嫁さんが人間とか絶対に反対！」

そんな二人をなだめるのはナギトだ。誰を嫁にするかはトラ様がお決めになることだ、と強く言えば静かになる食堂内。クレハも同調し「私は認めないけどね」と最後に嫌みを付け加えた。

「トラ様の花嫁なら、もっとボンキュッボンじゃないと」

「うんうん。こいつはキュッキュッキュッだもんな！」

「どこもボンじゃない」

子どもの三人は両手でジェスチャーをしながら文句を言っている。確かに幼児体型は否めないけれど、そこまで卑しめなくてもいいと思う。

「あの、花嫁になるつもりはないので安心してください」

「ねぇ、それってトラ様の御厚意を踏みにじる気!?」

エレミィが目くじらを立てて前傾姿勢を取る。賛成なのか反対なのか分からず、思考を働かせることが無意味に思えてきた。そこでようやくトラが助け船を出す。

「そのくらいにしないか」

「やっぱりトラ、私」

「ほう、瑠奈は俺の前で偽りの誓いをしたと言うのか？」

「うっ……」

神様の権力をここで振りかざされては敵《かな》わない。とりあえずは管理人として住人に溶け込むことから始めよう。その間に前の管理人が育休明けで戻ってくるだろうし、関係性を断ち切ればいいだけ。

「全て筒抜けだと何回言えば分かるんだ？」

「もう！　花嫁見習いを受ける代わりに私の心を読むのは禁止！」

「いいだろう。その願い、確かに聞き受けた」

「……あ」

まんまと口車に乗せられてしまったけれど、後の祭り。神様の前での願い事は訂正不可能である。解放感溢《あふ》れる笑顔で食事に戻るトラはやはり悪魔だ。

それから瑠奈達はバァバの手料理を完食し、会話をすることもなく解散に至った。

「瑠奈の部屋は管理人室横の一〇一号室にしようか」

「え、住み込み？」

「そうだよ」

「でも、まだ向こうの家も契約してあるし」

保険関係等の書類も届くだろうし住所変更は避けたい。というよりも、幼少期から過ごしてきた町を去る決心がまだできないというのが瑠奈の本音だ。

「住所はそのままでいいよ。瑠奈がここで管理人をしている間、あちらの家賃は俺が負担するから」

「それは負担が多過ぎるからダメだよ」

「ここでの管理人業は労力を使うだろうから構わない」

自然と頭に伸びてくる手を猫のように目を細めて受け入れてしまった。

「荷物は俺が運ぶから瑠奈はゆっくりしているといいよ」

「どうしてそこまで私を気に掛けてくれるの？」

「借りた恩は返す。それだけだよ」

玄関から心地よい柔らかなそよ風が流れ込み頬をかすめる。優しい眼差《まなざ》しをしたままトラは瑠奈から距離を取った。

「私がトラに恩を？」

「そうだ瑠奈。庭園があるんだけど、ちょっと散歩でもしようか」

安定の無視に突っ込む気力さえない瑠奈は従うように後をついていく。アパートの裏側に回ると、鮮やかな緑が広がっていた。地面には玉砂利が敷き詰められ、大きいとまではいかないけれど、それなりの池が中央に据えられている。池の脇にある大木は新緑で彩られていて奥ゆかしさを感じた。この庭園は各部屋の窓から眺望できる位置にある。

「綺麗《きれい》。やっぱりアパートっていうより旅館みたいだね」

「土地だけはあるからね。この池は願いの池と言うんだよ」

池というだけで水は涸《か》れていて、だいぶ前に散ったであろう薄桃色の桜の花びらが疎《まば》らに敷かれている。鯉でもいれば優雅に泳げそうな池だ。

「願いの池って？」

「昔はこの池から参拝者の様子を見られたんだ」

参拝者の願いをここで聞き受け叶《かな》えていたのだとトラは続けた。祭りの時は賑《にぎ》やかな笑い声や和太鼓や笛の音に耳を済ませ四季折々を楽しんでいたらしい。

「池を囲いながら、次はどの願いを叶えようか皆と話していたんだけどね」

「神様にでも叶えられないお願いもある？」

「あるよ。生まれもって決められた命に関しての願い事、悪事はもちろん論外だね」

言われて身の丈に合わないことを願っていた自分を思い出し瑠奈はわざと視線を外した。叶わない願いはそれなりに理由があるのだろう。

「人間に混じって神社ではしゃいでいた頃が懐かしいよ」

「人間嫌いなのに？」

「楽しいことは別さ。活気に触れると心が潤うからね」

姿が見えないことを利用して悪戯《いたずら》をしている映像が浮かぶ。風を操って女の子のスカート捲《めく》りをしたり、足を引っかけて転ばせたり。想像したら笑えてきた。その隣でトラは肩を下げる。

「願いが水の代わりみたいなものだったけど、見ての通りこの池も涸れてしまった」

「もしかして、参拝者が来なくなったから？」

瑠奈の言葉にトラは小さく頷いた。何十年か前、虎ノ崎神社の鳥居前に得体の知れない肉塊が毎日置いてあったせいで参拝者の足が遠退いたとの噂を聞いている。どうやらその噂にも理由がありそうだ。

「神社が賑わうのをよく思わないあやかしもいてね。妨害ではないけど、そのせいで参拝者はいなくなったんだよ」

願いの池に水が張らないのは、そのあやかしのせいだったという意味になる。

「そのあやかしはもう悪さをしてこないの？」

質問に対してトラは困ったように笑ってみせた。気苦労の多いトラのために何かしてあげられたらいいのだけれど、今は何をすべきか頭が働かない。

あの神社もあやかし達にとっては憩いの場だった。今はもう祭りもなく賑わいを見せていないから、マオ達も退屈しているのだろうな。

「トラ以外の住人は普段は何をしてるの？」

「俺の手伝いだよ。神社のない地域もあるから、そこまで足を運んで願いを聞き受けているんだ。もちろん俺が管理できる範囲の地域だけだけどね」

「皆も願いを叶えられる？」

「いいや。叶えるに値する願いを持ち帰って報告することになっていてね」

人間嫌いというわりに願いの手助けをしているとは何とも不思議なことである。それを察してかトラが口を開いた。

「俺の仕事を手伝うというのがこのアパートに住む条件なんだ」

「それも恩を返すのと関係ある？」

「さすが瑠奈だね。ここの住人達は人間に酷《ひど》く傷つけられていたから、安らげる場所を提供する代わりに仕事を手伝ってもらっているんだよ」

「私みたいな人間が来ちゃったら契約違反になるんじゃ」

「優しいね、瑠奈は」

言いながら夜空に視線を滑らせるトラ。その瞳《ひとみ》に無数の星が瞬き、あまりの美しさに瑠奈は息を呑《の》んだ。ここまで美しい瞳を見たことがない。悪しき物をその瞳に映しても、すぐに浄化されてしまいそうなほど澄んでいる。

「瑠奈は、どうして〝嫌い〟という感情が生まれると思う？」

「うーん。嫌なことをされたり危害を加えられたりしたら、とか」

捉《とら》え方にもよるけれど、不快に思う言動があればそれはもう立派な理由になる。職場がまさにそれだった。一度標的にされたら新しい標的が現れるまで嫌がらせを繰り返される。退職後の新しい標的が誰かは分からない。後釜《あとがま》で同じように苦しんでいる社員がいると思うと息苦しくなった。

「でもね、瑠奈。嫌だと思う基準はそれぞれだけど、そこに至る前には少なからず〝相手と歩み寄りたい〟という気持ちがあるはずなんだ」

「歩み寄る……」

「だから嫌なことをされたら〝嫌い〟認定をしてしまうんだ。本当はもっと分かり合いたいのにって。そこで壁を作って後に引けなくなる」

ボヤ騒ぎがいい例だ。火の気が立ち周囲が騒ぎ立てる光景に面白みを覚え、それがエスカレートしていけば大火事になる。気づいた時にはもう全て失っているのだとトラは続けた。

「いくら恩を返すと言っても人間嫌いの彼らが俺の条件に二つ返事をするはずがないんだ」

「それって、もう一度人間と歩み寄りたいってこと？」

「きっと心の奥底ではね。彼らも人間が嫌いだと意固地になってしまっていて引くに引けないんだと思う。すまないね、辛《つら》い思いをさせて」

トラの深い優しさも恐らく傷つけられてきたからこそなのだと思う。賑わいを見せていた神社に参拝者は訪れなくなり、誰からも必要とされなくなった神様。まるで自分のようだと重ねてしまう瑠奈は深呼吸をひとつした。

「難しいことは分からないけど、トラは皆に愛されてるよ」

「どうしてそう思うんだ？」

「いくら歩み寄りたいと思ってても、嫌な思いをさせられた人間のために何かしてやろうと思わないから」

「そういうものか？」

「皆はトラを信頼してるから力になろうって思うんじゃないかな」

人間嫌いが直っていないのは食堂での出来事で承知済み。むしろ嫌いから始まった方がプラスに変換されやすいかもしれない。先は長いなと覚悟をする瑠奈は、胸の前で両腕を組んで頷《うなず》きを見せる。

「さすが俺の嫁だけはあるな」

「嫁見習い。育休明けて管理人さんが戻ってきたら、私は辞めさせてもらうからね？」

「そうだね。俺のところへ永久就職するために管理人を辞めてもらわなければ、こちらとしても困る」

「はい!?」

「あはは、瑠奈と話していると自分の悩みが小さく思えてくるな」

神様に悩みがあることに驚いたけれど、それは言わないことにした。神様だからとか人間だからとか、そういう枠決めがいけない気がする。互いの存在を認知している限り対等な関係であり続けたい。

「ねぇトラ、マオが言ってたけど体調を崩すことがあるの？」

「気にすることはないよ」

「気にするよ。どうして？」

「願いの池は生命力みたいなものでね。水がないということは必要とされていないという意味なんだ」

俺も無職みたいなものだよ、と楽観的に発言するトラの頬を瑠奈の細い指先がつねる。

「私に居場所なんてないと思ってたけど、トラは私を必要としてくれる」

「うん？」

「だからトラは今の私にとって必要なの。私の居場所なの。分かった？」

つまんでいた指先を離すと同時にトラがそれを包み込む。そして、そのまま指先にキスをひとつ落とすのだ。

「なっ!?」

「ありがとう瑠奈。俺にも瑠奈は必要だし、瑠奈は俺の居場所だよ。今までも、これからもずっとね」

「今までもって、私があの神社に参拝を始めてまだ一ヶ月くらいなのに変なの」

「誰かを大切に想うのに時間差はあるものだよ。俺の場合は少し早かったというだけだ」

確かに一目惚《ひとめぼ》れで交際したり、交際してみてから好きになる場合もあると聞く。大切な人を作ることを避け過ぎてその気持ちをうまく思い出せない。

「さて、瑠奈もそろそろ部屋に戻りなさい。簡単なものだけど、着替えなどは用意してあるから今晩はそれで過ごすといい」

「分かった。ありがとう」

踵《きびす》を返すと同時に夜風がそよぎ髪を揺らす。見上げれば夜空に瞬く星が歓迎してくれているかのように瞬いている。その輝きを脳裏に焼き付けて瑠奈は部屋へと戻り翌日に備えるのであった。

見え始めた心の傷

「朝だよ瑠奈《るな》」

微《かす》かに聞こえる声はとても穏やかだ。重たい瞼《まぶた》をゆっくりと開けると目の前に影が映る。怖いという感情を抱けないのはまだ寝ぼけているからなのかもしれない。

「瑠奈、起きて」

「ふぁ……だれ?」

「寝ぼけているんだね。では、目覚めのキスをしてやろう」

寝ぼけ眼を擦《こす》る手を摑《つか》まれて瑠奈はハッとする。視界がクリアになったというのもあるけれど、寝起きに男性に迫られるというのは経験したことがない。

「だ、だめー!」

全身の力を額に込めて目の前の人物に頭突きを食らわせると額に痛みが走る。まだ両手は摑まれたままだ。

「瑠奈の愛は随分と激しいね」

「愛じゃない!」

「元気で何より」

離れていく温《ぬく》もり。警戒心を解けない瑠奈は構えのポーズを取った。

「勝手に女の子の部屋に入っちゃだめだよトラ」

「ノックはしたよ」

「返事をしてません」

「返事がなかったら心配になるだろ。やむをえず取った行動だから俺は悪くない」

まるで小さな子どもが拗《す》ねたよう。自分の行動を正当化するトラ。言い返す元気もまだ湧かない瑠奈は布団から抜け出る。カーテンの隙間から差し込む朝陽はいつになく爽快《そうかい》に感じた。

「あれ、私の荷物がある」

「つい先ほど運んだよ。女性にしては珍しく荷物が少ないな」

部屋の隅にまとめて置いてある荷物は大人ひとりで運べてしまえる程度。恐らく下着も全部持ってきたのだろう。神様は全てを知っているのだから、下着を見られたくらいで羞《しゅう》恥心《ちしん》を抱いても仕方がない。諦《あきら》めのもと瑠奈は言葉を紡いだ。

「思い出が残りそうな物は手元に置いておきたくないから」

「なるほど。なら、ここで思い出を作ればいいさ」

ふわりと頭に乗せられるトラの手は相変わらず優しい。昨日だけで一年分働いたのかというくらい重い身体をゆっくりと動かしていく。

「玄関の番傘も埃《ほこり》が目立ってたし、今日は掃除の日にするね」

「助かるよ、ありがとう」

トラは今日も漆黒の着物を金帯で締めている。着物姿がここまで似合う男性は初めて見た。

「そんなに俺を見つめて誘ってるのか？」

「っ、バカ！」

勢いよく投げた枕はトラの手によって止められてしまう。その枕を静かに布団に置くと、トラは小さく笑うのだ。

「喧嘩《けんか》っぱやいところも好きだよ」

「もー！」

「朝食の準備も直《す》ぐにできるから着替えたら出ておいで。一緒に食堂まで行こう」

それだけ言うとトラは部屋を出ていった。食堂という単語だけで身震いする瑠奈は、ため息を何度か漏らしながら着替えを済ませトラと共に食堂へと向かうことに。

食堂に到着してからの流れは昨晩と変わりない。トラへの挨拶《あいさつ》は爽《さわ》やかに、瑠奈への挨拶は殺意を込めて──。

「人間のくせに、まだいやがる」

何かと突っかかってくるマオは今日も皮肉を込めて話し掛けてきた。嫌なら関わらなければいいのにと思いつつ爽やかに挨拶をする瑠奈も相当堅物である。

「おはようございます。人間の瑠奈です、瑠奈」

「瑠奈ちゃん強いねー」

「ショウキさん、おはようございます」

「さん付け不要。敬語も取って」

言葉の最後に大きなあくびをすると、ショウキは虹色《にじいろ》の羽を折り畳みながら椅子に腰かけた。住人の中では唯一理解を示してくれている、かもしれない。

「あーあ、ナギトさんとの爽やかな朝が台無し」

「ミレイナに一票」

双子は相変わらず嫌いオーラ全開。ナギトとクレハは無言のまま視線すら合わさない。

「タダで願いを叶《かな》えてもらおうとする瑠奈とかいう人間なんてどっか行っちゃえ」

「そうだそうだ！」

イロハに便乗するようにルキが声をあげる。朝から何とも明るい住人達。すると、奥から中華鍋《なべ》をお玉で叩《たた》きながらバァバがやってきた。

「静かにしな！　トラ様に怒られたいのかい？」

「私は怒られてもいいけど」

クールに返したクレハに「ドMかよ」と突っ込んだのはショウキだ。その瞬間、クレハの右肘《みぎひじ》がショウキの鳩尾《みぞおち》にヒットする。

「痛《いて》ぇなクレハ！」

「サナギからやり直したら？」

「はー？」

埒《らち》の明かないやり取りを一蹴《いっしゅう》するのもまたトラである。両手を二回叩き皆の意識を集中させた。

「朝食を済ませたらすぐに出掛ける。手間を取らせるつもりじゃないだろうな？」

朝からこの清々《すがすが》しい笑顔を見せられると憂鬱《ゆううつ》な一日になりそうで怖い。仮の住人は姿を現さず夕食時と同じメンバーで朝食を摂《と》ることになった。

静寂を取り戻した食堂内には、バァバが作った料理の芳しい香りだけが漂っている。今朝の献立は和。ご飯にネギと卵のお味噌《みそ》汁、桜えびの卵焼きにアジの開きだ。アジの皿に大根おろしと薑《はじかみ》が添えられているところからして、バァバは人間の料理を勉強しているのだと思う。

「トラ様、今日は一緒に遊べる？」

「戻るのは夕食ギリギリになると思うんだけど、それでも許してもらえるかなイロハ」

「もちろんです！　庭園で追いかけっこがいいな」

「それは面白そうだね。俺も帰りが楽しみだよ」

イロハは長い耳を小刻みに動かして喜びをあらわにしている。確かにここは緑豊かといえるだけで遊び場と言える場所はないように思う。神社で遊んでいたらしいし、ここでも気兼ねなく遊べるようにしてあげられないものだろうか。

「瑠奈は掃除をしてくれるそうだから、皆も各自仕事をするように。頼んだよ」

はい、と重なる住人達の声。人望の厚いトラが少しだけ羨《うらや》ましい。夕食時とは違い朝食時は特に瑠奈に危害も及ばず終了した。

「じゃあ瑠奈、行ってくる」

「うん、行ってらっしゃい」

「そうじゃないだろう？」

食べ終えた食器を片そうとする瑠奈の隣でトラは不満そうな声を漏らした。理解できていない瑠奈は瞬きを繰り返す。

「そうじゃないって？」

「未来の旦那が出掛けると言っているのだから、いってらっしゃいのキスくらい……」

「し、しません！」

「つれないね」

トラの空気の読めなささは何とかならないのだろうか。静かだった食堂内に波風が立ち始めようとしている。トラがいる前では決して攻撃しようとしてこないけれど、一人になった後が恐ろしい。ましてや皆の間でトラとキスでもしようものなら即追放だろうからトラの誘いには絶対に乗ってはならない。

「お気をつけて」

「うん、行ってくる」

頭に乗せられる手で全てを許せてしまうのが悔しい。それからトラは誰よりも早く食堂を出て仕事へと向かった。取り残された瑠奈は気まずい雰囲気の中、自分が為すべき仕事のことだけを必死に考える。

「クレハさん、洗いものは私がします」

「当番で決まってるんだから邪魔しないで」

「でも、綺麗な着物が汚れてしまうかもしれないですし」

「貴女《あなた》が洗ったお皿でご飯を食べろって言いたいのかしら？」

瑠奈の良心に牙《きば》を向けてしまうのは人間嫌いとして当然の反応だ。無理に距離を詰めると神経を逆撫《さかな》でしてしまう恐れがある。

「分かりました。私はテーブルを拭《ふ》いてきますね」

「勝手にしなさい」

突き放されることには慣れているはずなのに、胸をえぐるような痛みは慣れない。それでも瑠奈は笑顔を心掛け、布巾《ふきん》を持ってテーブルを拭きに行く。食堂内にはクレハが食器を洗う音だけが響くだけで二人の間に会話はない。同じ空間にいるのに言葉を交わせないことがこんなにも心苦しい。親戚《しんせき》の家にいた頃を思い出し僅《わず》かに瑠奈の表情は曇る。

「あの、テーブル拭き終わりました」

「見たら分かるから。いちいち報告しないで」

「は、はい」

「貴女と話してるとイライラするからやめた。ゴミ捨てだけしておいて」

泡のついた指先を水道水で洗い流すと綺麗な朱色のネイルが顔を見せた。濡《ぬ》れた手を雑にタオルで拭いたクレハは、わざと瑠奈に肩をぶつけ急ぎ足で食堂を出ていく。

「頑張るねぇ、瑠奈ちゃん」

突然頭上から降ってきた緩い声。頭の後ろで腕を組みながら優雅に言うショウキは瑠奈の隣に立つ。いつの間に現れたのだろう。

「ねぇ、ショウキ」

「なーに？」

「前の管理人さんはこのアパートでどんなお仕事をされてたの？」

「真似なんてしなくても、瑠奈ちゃんの好きなようにしたらいいよ」

組んでいた腕を伸ばしながら大きなあくびをしてみせた。やたらと構ってくるあやかしだけれど、人間嫌いには変わりないのだから油断せずにいきたいところ。

「あ、そうだ瑠奈ちゃん」

「どうしたの？」

「離れに面倒な住人がいるんだけどさ、そいつの話し相手とかしてたかな管理人」

右目のウインクがあまりにも嘘を含みすぎている。離れのあやかしには近づくなと忠告を受けたばかりだし安易には足を運べない。

「どんな住人なの？」

「怖い？」

「え？」

「怖いよな、返り討ちにされるかもしれないし」

「う、うん」

「でも、いつだって先に裏切るのが人間って生き物でさ」

それは一瞬の出来事だった。包丁立てにあるそれを目にも止まらぬ速さで手に取り、その鋭利な刃を首筋にあてられてしまう。年季の入った包丁。少しでも動けば頸動脈《けいどうみゃく》を切られてしまいそうで唾を呑《の》むことすらできない。

「なーんて。ビックリした？」

「……え？」

「あーあ、後でビンタかな。いや、往復ビンタか」

手にしていた包丁を元の位置に戻しながら一人でぶつぶつと何かを言っている。一瞬のことすぎて理解が追い付かないけれど、瑠奈の指先は震えていた。

「トラ様のお気に入りだから優しくしてやりたいけど、俺も人間嫌いだから」

「ごめんね」

「いやいや今のは俺が謝るほう。ごめん、つい手が動いた」

つい手が動いて殺そうとするところも人間と似ている。一時の感情で後悔してしまうこともあるけれど、ショウキは謝罪ができる優しいあやかしだ。

「無理して私に構わなくて大丈夫だよ」

「むーり。トラ様に面倒見ろって言われてんの。とりあえず仕事行ってくるからマオ達を頼むわ」

「あの子達は行かないの？」

「まだ小せぇから。トラ様の神社に万が一参拝者が来たら報告するのがアイツらの仕事」

神社で遊んでいるだけではなかったのかと感心してしまう。そのままショウキは手をひらひらとさせながら食堂を出ていき、瑠奈も為すべき仕事をすることにした。

窓のサッシに指先を滑らせると吸い付くようにして埃《ほこり》が絡まってきた。廊下の端にも砂《すな》埃《ぼこり》が見られるし、これでは健康体であっても体調を崩してしまうはずだ。

開け放った窓からは土の湿った香りが鼻腔《びくう》をくすぐり空に視線を送る。灰色の厚い雲がアパートの上を覆っていて直に雨が降りそうな気配がした。

「雨か……」

不意に過去の記憶を呼び起こした瑠奈からは深いため息が漏れる。両親が亡くなった日と同じ雲。あの日と同じ湿っぽい香りに目頭が熱くなる気がした。

こういう気持ちになる時は思い出の御守りで気を鎮める。友人に貰《もら》ったそれは心の支えになっている。

「取った！」

「あっ！」

「やーい、悔しかったら取り返してみな」

握りしめていたはずの御守りは一瞬のうちに奪われた。悪戯《いたずら》の主はあの三人。小さな羽と耳、尻尾《しっぽ》を動かしながら逃げていく姿はまるで人間の子どもと一緒。隙をついて悪戯を仕掛けてくる性格の悪さに呆《あき》れてしまう。

ホテルのお客様にもこういう子どもはいた。親が観光パンフレットやスマホに夢中で退屈をしたのか、女性スタッフのスカートを捲《めく》ろうとしたり、追いかけっこを始めて他のお客様とぶつかったり。悪戯は子どもの特権。大抵は大人の気を引きたくてやっているから無下にすることもできず対応を仰いでいた頃が懐かしい。前方を見れば無邪気な三人はキャッチボールのようにして御守りを回している。瑠奈はそれを取り返すべく追いかけるのだ。

「待ちなさーい！」

「人間なんかに追いつかれませんよーだ」

「廊下は走らない！」

長い廊下を短距離競争の勢いで全力疾走をする。バタバタと足音が壁に反響する音を聞きながら幼い頃にでも戻った気分になった。近所の公園で友人と追いかけっこをしていた頃が懐かしい。引っ越しをしてから追うことも追われることもなくなってしまったな。

「はぁ、見失った」

一ヶ月も無職生活を続けると体力が落ちるらしい。足を止めて乱れた息を整える。近いうちに久しぶりの筋肉痛が再来すると思うと身体が重たくなった。

「逃げ足の速いチビ達なんだから」

息を切らしながらふと湧き起こった疑問がある。マオは羽があるのに飛ぶことはせずイロハとルキと共に走っていたのはなぜだろう。確かに身体に比べ羽も小さいような気もするけれど、飛ばない、もしくは飛べない理由があるのだろうか。職業病を発動させながら止めていた足を進めた。

「こんな所にいた」

アパート裏にある庭園でやっと三人を見つけたはいいものの、瑠奈の存在を無視して御守りの投げ合いをしている。楽しそうな声はアパートの壁に当たって反響し続けた。

「ねぇ、それ大事なものだから返してくれる？」

「やだね。あ、もしかして彼氏にもらったやつだろ」

「そういうのじゃないよ」

「トラ様の花嫁になるとか言ってるくせに、未練たらたらなのは良くないと思うけどねっ」

マオからイロハへ御守りが投げられるタイミングで突風が吹いた。未練たらたらのつもりはない。あの時から支えにしているのは事実だから否定はできず、風に舞う御守りを目で追う。宙を泳ぐそれはアパートの屋根まで舞い上がり、地面に落ちることなく動きを止めた。

「あっ」

「ちょっと、どうするのあれ！」

「ま、まあ端に引っ掛かってるし、そのうち落ちてくるって」

顔を見合わせる三人にも一応申し訳ないという気持ちはあるらしい。チラチラと顔色を窺《うかが》ってくるのがその証拠だ。

「あのね、あれは私の大切なものなの」

「ふ、ふーん」

「マオに取ってきてもらいたいな？」

「なんで俺？」

「立派な羽があるし、マオは飛べるんでしょ？」

「ふざけんな。俺は高い所が苦手なんだ！」

「カッコウなのに？」

「ふん。羽が生えてるからって飛ぶのが当たり前だと思うなよ人間」

先ほども廊下を走っていたし飛べない理由でもあるのだろう。こういう時の詮索《せんさく》は厳禁。誰にも触れられたくないことはある。無理に聞くことでその傷を深めてしまうことがあると、瑠奈の勘が危険信号を出した。

「じゃあイロハとルキがぴょんぴょんっと取ってきてくれたり？」

「あれは元々人間のものだろ。自分で取ってくるべき」

「憎たらしいね、あんた達」

「うるさいぞ人間」

子を持つ親の大変さを噛《か》みしめつつ、屋根の上にどうやって登ろうかと必死に考える。屋根裏部屋なんてなさそうだし、ベランダの柵《さく》をつたって登るしかないだろうか。そんなアクロバットな動きをしたことがないから不安しかない。

「はぁ……私が落ちて意識失ってたらトラにだけは知らせてほしいな」

「取りに行く気かよ」

「だってあれは私の大切なものだから。あんな所で雨に濡《ぬ》れたら可哀想」

「そのうち落ちてくるんだし気長に待てばいいと思う」

「心配するなら取ってきてくれない？」

「誰が行くか！」

人間め、と吐き捨てて三人はその場から立ち去ってしまう。雨が降り始める前に御守りを取り戻してアパートの掃除を終えなければトラに怒られる。さすがにベランダの柵をつたって取りに行くのは無謀なため倉庫から高めの脚立を用意した。それに加えて高枝切りバサミを用意する。これだけ長いものであれば十分届くはずだ。

外壁ギリギリに脚立の足をつけるけれど、玉砂利のせいで足場は不安定。震えながらも脚立を跨《また》ぎ、立て掛けておいた高枝切りバサミを手に取った。それを御守りの所まで近づけると意外にうまく引っ掛かる。

「やった。とりあえず下に落とそう」

御守りに謝罪をし、それを勢いよく玉砂利目掛けて落とせば力ない音がした。続いて高枝切りバサミを外壁に立て掛けて、あとは瑠奈が脚立を下りるだけ。という所で再び突風が吹く。その拍子に脚立が傾きを見せた。

「わっ！」

落ちると思いぎゅっと目を瞑《つぶ》る。そのままバランスを崩し額の右端を外壁に強く殴打してしまう。それでもなぜか身体はまだ脚立に置かれたまま。痛みを我慢しながら恐る恐る状況を理解しようとする瑠奈の瞳《ひとみ》に映ったのは、あの三人の姿だった。

「落ちるだろバカ！」

「あ、ありがとう。助けてくれたの？」

「脚立を守っただけに決まってんだろ」

脚立を下から支える三人は口を尖《とが》らせながらも照れているように見える。促されるようにして脚立を下りるとその距離はすぐに離された。

「お前のせいで人間助けの濡《ぬ》れ衣《ぎぬ》を着せられるじゃねぇか」

「濡れ衣って」

「おでこから血が出てる。塩でも塗っとけバカ人間」

塩と言いながらも絆創膏《ばんそうこう》を手渡してくれる三人の優しさに心が温かくなっていく。指先で触れると確かに血液が付着する。心なしかズキズキするし消毒をする必要がありそう。

「人間のためにありがとうね」

「怪我したのは自分のせいだってトラ様に言えよ」

「はいはい」

瑠奈も幼い頃は素直になれず似たような行動を取っていた。心の中でたくさんの「ごめんなさい」を言っているけれど、それを言葉として発することはできず相手に不快な思いを与えてしまった時もあったと思う。その過去があるからこそ三人の心に「ごめんなさい」があると分かった。瑠奈は咎《とが》めるよりも「ありがとう」と心で呟《つぶや》くのである。

物思いに耽《ふけ》っている間に三人は姿を消してしまった。トラは誰しも気づかぬうちに歩み寄ろうとしていると言っていた。あの三人もきっとそう。あれだけ文句や拒否を連ねていた三人が助けてくれたのだから、心は清らかに澄んでいる。だからこそ人間にされた嫌なことが許せないのかもしれない。そんなことを思いながら残りの掃除を済ませ、気づけばトラの帰宅時間となった。

「お帰りなさい、トラ」

「よく俺の帰りが分かったね」

「今朝、戻るのは夕食ギリギリって言ってたから」

「ならお帰りのキスを」

「しません」

小雨が降ってきて傘が必要かと思い散歩がてら迎えに来ただけ。住人達が帰宅したアパートに一人でいるのが心苦しかったというのもある。

「おでこを怪我したみたいだね」

「こ、これは」

「首は大丈夫か？」

首もとにかかる髪を指先で背中へ払うトラは今日の出来事を全て把握済みらしい。ショウキに包丁を突き付けられたことは誰にも話していないし、トラが首の心配をしてきたということはそういうこと。

「怒らないであげて」

「大事な瑠奈を傷つけられたのに、怒らずにいられると思うのか？」

「悪気はないってトラも知ってるでしょ。お願い、怒らないで」

「分かったよ」

優しい大きな手が頭に乗せられた。人間が神様に甘やかされる方がおかしい。大事にすべきなのはもっと前から苦楽を共にしている住人達だから、その輪を掻《か》き乱すことだけはしたくなかった。

そう考えてしまうのは瑠奈の癖。波風立てず静かに漂っていたいという逃げ腰の姿勢がそうさせている。

午後六時になり開始された夕食会は酷《ひど》く暗かった。バァバが作った野菜グラタンをスプーンで掬《すく》い黙々と食べていく。生クリームの濃厚さと隠し味の味噌《みそ》が味を引き立てているというのに、誰一人として料理の感想を言わない。トラはお得意の〝見守り〟で情報を得ているけれど、皆も何かを察しているようで野菜グラタンから視線を外さない。食事は楽しく美味《おい》しくと言っていたのはトラなのに、この状況は不安しか生まない。何とか場の雰囲気を変えようと話題の流れを作る。

「きょ、今日のグラタンは隠し味のお味噌が効いててとても美味しいですね」

「気づいてくれたかい？　味噌には体調を整える作用があるらしいのさ」

味噌には殺菌作用や整腸作用など様々な効能がある。バァバはその知識を利用し微妙に距離ができてしまった住人達の心を労《いたわ》ってくれたのかもしれない。それならばと瑠奈は言葉を紡ぐ。

「今日はマオとイロハとルキと追いかけっこをしたんですけど、その途中で私の大切なものがなくなっちゃって」

三人の肩がぴくりと動き、気まずさを隠すようにグラタン皿を見つめ始めた。握りしめているスプーンも僅《わず》かに揺れているのが分かる。

「それを捜してる途中でおでこにかすり傷を作った私に、マオ達が絆創膏をくれたんです」

前髪の上から額に貼ってある絆創膏部分を指差した。

「マオ達が絆創膏をくれたおかげで傷も悪化せずに済みました」

料理の隠し味に気づく人もいれば気づかない人もいる。気づかないうちに与えられている気遣いや優しさほど大きなものはない。ぶっきらぼうだけれど、マオ達なりの優しい隠し味は今も額の傷を保護してくれている。だから、これは嘘ではなく事実。

「俺達のせいなんです……！」

すると、マオが先陣を切って立ち上がった。スプーンはグラタン皿に置かれイロハとルキも数秒差で立ち上がる。

「トラ様ごめんなさい」

トラを見つめる瞳が波のように揺れている。謝罪を仕向けてしまった感が否めず瑠奈も心を痛めたけれど、この件においてはこれが最善策。追いかけっこをしたのも傷を作ってしまったのも瑠奈が選択したことだから、自分の口からマオ達を悪く言うことはできなかった。三人もトラへの告げ口を恐れ身構えていたため瑠奈のさりげない優しさに触れ心が動いたようだ。

「意地悪して、そいつに怪我させたのは俺です」

マオに続いてイロハとルキがそれは自分だと名乗り出る。必然的に皆の手も止まり食事ムードは一変、重苦しい雰囲気となった。続いて言葉を発したのはショウキだ。

「俺も感情をコントロールできず人間に刃《やいば》を向けてしまい申し訳ありませんでした」

普段のおちゃらけた雰囲気はなく背筋を伸ばしながら深々と頭を下げる。あのショウキが、と一番驚いているのは瑠奈だった。そこでようやくトラが口を開く。

「お前達が人間を良く思っていないのは理解しているつもりだよ。でも、やっていいこととやってはいけないことくらい分かるだろ？」

住人達は無言で頷《うなず》く。その反応を見てトラは深いため息を吐いてから、優しい声色で皆の心を包み込むのである。

「よく打ち明けてくれたね」

「トラ様、俺達に罰を」

「罰は必要ない。自分の非を認め自分の口から事実を述べたのだから、それは尊敬に値することだと俺は思うが皆はどう思う？」

威圧的にではなく窺《うかが》うように尋ねるトラに物申す者はいなかった。

「それで、瑠奈の大切なものは見つかったのか？」

「う、うん」

「それは良かった。あれは俺にとっても大切なものだからね」

「え？」

「こちらの話だ。だがマオ、今日は飛ばなきゃならなかったと思うんだけど、マオはどう思った？」

うまく話を逸《そ》らし今度はマオに言葉が投げられる。その一言でマオの表情が強張《こわば》った。

「トラ様は俺が高い所が苦手なの、知ってるくせに」

「マオの羽は立派だと何度も言わなかったか？」

「飛べないもんは飛べない！」

力任せに言葉を発するとマオはそのまま食堂を出て行ってしまった。食べ途中のグラタンを残して。和解で済ませられる状況をもつれさせたのはなぜなのだろう。疑問に思っていると、申し訳なさそうにバァバが口を開く。

「トラ様、いくらなんでも言い過ぎじゃないですか？」

「俺が悪いのは分かっているよ。飛べるということがどれほど素晴らしいことか知ってもらいたいだけなのに、うまくいかないね」

トラが心を痛めながら言っていることが分かり瑠奈の身体は自然とマオの後を追っていた。飛べるのに飛べない理由がある。それを選んでいるマオの気持ちを知りたい一心で廊下を走った。

降り続いている雨を傘が絶え間なく弾《はじ》いてやむ気配はない。見つけた場所は庭園。水の涸れた池をじっと眺めているマオの背中はとても小さく思えた。

「風邪ひいちゃうよ？」

濡れないように傘を差し出すと雨音に混じって小さな舌打ちが聞こえてくる。一瞬視線が絡まったけれど、それはすぐに外されてしまう。

「飛ばないカッコウだって笑いに来たのかよ」

「そうじゃないよ」

「お前が来てから嫌なことばっかだ」

「ごめんなさい」

　何と声を掛けていいか分からず沈黙を続けていると、先にマオが口を開いた。

「カッコウってずる賢くて残忍なんだってさ」

　再び向けられた視線はとても弱々しい。マオはそのまま当時の記憶を話し始めた。

「殻越しでもお母さんの温《ぬく》もりが伝わってくるんだ。心臓の音もちゃんと聞こえてね、早く会いたいなって思いながらお母さんの顔を想像してた」

「うん」

「やっとお母さんのお腹から出て殻を破るぞって思ってたのに、その日からお母さんじゃない誰かが俺を守り始めたんだ」

「それってどういう……」

「お母さんが俺を、捨てたんだ」

カッコウは違う鳥の巣に托卵《たくらん》する生き物だと聞いたことがある。托卵された側の親鳥は自分の卵と托卵された卵を見分け孵化《ふか》する前にカッコウの卵を巣から落とすらしい。運良く托卵に気づかれず孵化したカッコウは、その親鳥のもとで偽りの子として生きていく。そのことからカッコウは残忍だと言われているのだろう。

「今までずっとお母さんと一緒だったから、今俺を抱きしめてくれてるのはお母さんじゃないって、すぐに分かったんだ。だって殻越しに伝わる心臓の音も温もりも全然違ったから」

それに似た経験は瑠奈にもあった。親戚《しんせき》夫婦に迎え入れられたあの日、大きな腕で抱きしめてくれたけれど、その温もりも鼓動音もまるで違うものだったから。

「最初は嫌いになったんじゃないかとか、育てるのが嫌になったんじゃないかって思ってたけど、お腹にいる間ずっと大事にしてくれてたのを知ってたから」

「マオは頑張ろうとしてたんだね」

それを聞きながら瑠奈は過去のことを思い起こす。初めて親戚夫婦の家に引き取られた日、海へ行きたいとぽつりと溢《こぼ》した言葉を叶《かな》えてくれたのが親戚夫婦だった。無心で水平線の先を見つめる瑠奈に寄り添いながら、一緒に海を眺めてくれた記憶。それが新しい家族としての始まり。最初はお互いに距離感を摑《つか》めずにいたけれど、名前を呼んで迎え入れてくれたことが孤独な心を掬い上げ、萎縮《いしゅく》していた瑠奈の心をほどいていった。ここにいても良いのだと思わせてくれた親戚夫婦には心から感謝している。

結果的に血縁関係の壁を越えることはできなかったけれど、親戚夫婦なりの愛情を身近で感じていた。今は感謝以外の言葉は浮かばない。マオもずっと感じていた母親の温もりを突然失い、身を引き裂かれる思いだったに違いない。それでも頑張ろうと懸命に生きようとしていた。それが分かり、抱きしめたい衝動を必死に抑えながら耳を傾ける。

「今一緒にいるのは偽物のお母さんだけど、この殻から出れば本当のお母さんに会えると思って頑張ったんだ。でも、俺は要領が悪くて」

「どういうこと？」

「殻を割るのにちょっと手こずっちゃったんだ。巣の親鳥は俺がカッコウの子だって少し前から怪しんでたみたいで、その間に巣から落とされた」

殻越しに愛してくれた実の母親を思い孵化を頑張ろうとしていただけのはずが、マオの人生は暗転してしまった。巣から落とされたマオは――。

「何度も何度も、助けを呼んだ。〝お母さん〟って呼んだけど、ダメだった」

ぽつりと溢される過去に胸の奥が締め付けられる。マオの声が震えているからかもしれない。

次第に歪《ゆが》む視界は頬に涙の筋を作った。鳥の巣は高い所に作られているから、そこから落とされたらどうなるかくらい分かる。全身に傷を負った状態で意識が保たれていることがどんなに辛《つら》いことかも。

「狩猟に来てた人間が何人も瀕死《ひんし》状態の俺の横を通り過ぎていったんだ」

「マオ……」

「殻から顔を出して精一杯鳴いたけど、気づいても無視されるだけでさ。ああ、人間って助けを求めるやつにこんな冷たい目をするんだって。で、死んだとこをトラ様が助けてくれた」

袖口《そでぐち》でゴシゴシと目元を擦《こす》るマオを瑠奈は抱きしめずにはいられなかった。傘を放り出し、降りしきる雨の中マオの背中をそっとさする。助けを求めても多くの人間が傍観者に徹する社会。そこで生きていた瑠奈にとって、マオの話に共感する以外なかった。

頬に降る雨は止まず、玉砂利の上に転がった傘は意味を成さない。

「なんでお前が泣いてんだし。バカだって笑って泣いてんの？」

「私も同じだったから」

「人間と一緒にすんな。離れろ！」

「ねぇ、どうして話してくれたの？」

思い出したくないことを誰かに伝えることがどれだけ苦しいことかを知っている。心にできた傷口がかさぶたになることなんてないのだから、思い出すという行為は傷口に塩を塗るのと同じ。

「人間はしつこい生き物だから、話さないとお前につきまとわれそうだったからだよ」

自惚《うぬぼ》れかもしれないけれど、そこには少なからず信頼という二文字があるのだと思った。

今のマオに必要なことは共感よりも、とらわれている過去に少しでも光を差してあげること。

「マオは飛んだことはある？」

「あるわけねぇだろ」

「じゃあ、お天気の日に飛ぶ練習してみよ」

話の途中で瑠奈は玉砂利に置かれた傘を手に取りマオとひとつの傘に入る。

「もし飛べたとして落ちたりしたらどうすんの？　俺にまたあんな思いをしろって言うのかよ」

「脚立を支えてくれたみたいに、私が下にいるから」

「はっ、頼りなさすぎてお話にならない」

「絶対に支えるから」

揺るぎない瞳《ひとみ》で見つめられてマオは言い返せなくなった。僅《わず》かに揺れる羽は照れ隠し。

「お前なんかの上に落ちたら人間くさくなる」

「人間くさくなったらトラにキスしてもらえばいいじゃない」

「なんでそうなる」

「マオもトラにキスしてほしそうだったし」

「お、お前と間接キスになるじゃねぇか！」

虎桜館《こおうかん》へ来て初めてトラが瑠奈の右頰にしたキス。それを思い出したマオは右頰を手で隠しながら挙動不審になる。どうやら間接キスを気にするお年頃らしい。

「私にはマオみたいに立派な羽がないから、羨《うらや》ましい」

「こんなの飾りだ」

「飛ぶ飛ばないはマオの自由よ。でもね、飛ぶチャンスがあってマオが少しでも飛びたいって思ってるならお手伝いしたいの」

するしないを選択するには覚悟がいる。現に瑠奈も極悪な環境でコンシェルジュを続けるか否かで悩み、退職という道を選択した。結論を出した今もこれで良かったのだろうかと頭を悩ませているため強くは言えない。

「今まで飛んでこなかったんだ。飛べるわけない」

「そんなことない。飛べるからその羽があるんだよ」

「どういう意味？」

「ずっと使わない部分は退化していくの。人間も昔は尻尾《しっぽ》があったけど、必要ないから今の人間には尻尾はなくなったのよ」

「じゃあ俺の羽もそのうちなくなるな」

少しだけ寂しそうに言うマオ。僅かに羽ばたきを見せる背中の羽は、マオの意思によって確かに動いている。羽を身体の一部として大切に思っていることが分かった。

「マオの羽もちゃんと動いてるから大丈夫よ。その羽はこれからもっと大きくなってマオを飛ばせてくれる」

確信めいたように瑠奈が言うとマオは瞳を丸くした。

「何様だよ」

「人間です」

「うざ」

「ねぇ、カッコウって灰色をしてるって聞くんだけどマオは黒なの？」

背中に生える小さな羽はトラの髪色のように黒い。知らないだけで、黒色のカッコウもいるのだろうか。

「人間への恨み辛みが強すぎて黒くなったんだよ」

「なるほど。トラとお揃いでいいね」

「な、なんなんだよ人間のくせに！」

「え？」

「ト、トラ様とお揃いとか……嬉《うれ》しい」

頬を赤らめるマオはトラを尊敬しているというより溺愛《できあい》している。本当は素直で心の優しい子なのだろう。すると、背後から玉砂利が踏まれる音がし始めた。

「二人とも雨に濡《ぬ》れたままだと風邪をひくよ」

「トラ様！　さっきは勝手に飛び出してごめんなさい」

「こちらこそマオに辛い思いをさせてすまなかった。きちんと謝れて偉いね、マオ」

優しいトラの声にマオだけでなく瑠奈も瞳を涙で潤ませる。勝手なことをしたという自覚が瑠奈にもあったから。

「その傘はマオに渡して瑠奈はこちらの傘に」

「う、うん」

トラが差している傘に入ると必然的に相合傘というものになる。肩が触れ合う距離に変な緊張が高まった。身勝手な言動を問い質《ただ》されるかもしれないという憶測はトラの言葉によって覆される。

「ありがとう瑠奈」

「怒らないの？」

「何を怒ることがある？　マオが晴れやかな顔をしている。瑠奈が何かしたのだろ？」

「何もしてないよ。マオが私と話してくれたの、それだけ」

　トラは傘の柄を持っていない方の手で瑠奈の頭を撫《な》でる。そんなトラにマオもせがむのだ。

「トラ様、俺も撫でて」

「いい子だね、マオ。俺も傷つけるようなことを言ってすまなかった」

「ううん。トラ様はいつだって皆のことを考えてくれてるの、知ってますから」

　このアパートの信頼関係は築きたくても築けないもの。誰かと関わらない選択をした瑠奈にとっては眩《まぶ》しい関係で、少しだけ表情を曇らせた。

「先にお風呂《ふろ》に入りなさい。二人の食事は温め直してバァバに部屋へ運ばせるからね」

　恐らく他の住人達もマオのことを気に掛けているけれど、トラが全て把握しているだろうから任せているのだと思う。いつか皆と美味《おい》しく食事を摂《と》れる日が来ることを願うばかり。瑠奈とマオは各自の部屋へ戻り冷えた身体を風呂で温めるのであった。

コンコンというノック音の後、予想していた声とは別の声が届いた。

「飯、持ってきたんだけど入っていいか？」

バァバよりも低い青年の声。申し訳なさそうに言うショウキを瑠奈は招き入れる。

「ショウキが持ってきてくれたの？」

「ちゃんと謝ってなかったから」

「何を？」

「今朝は酷《ひど》いことしてごめん」

温め直された野菜グラタンからは柔らかそうな白い湯気が立っている。それを載せたお盆を両手で持ちながらショウキは深々と頭を下げた。

「私こそごめんなさい」

「え？」

「ここを安らげる場所にしたいってトラが言ってたの。そこに人間の私なんかが土足で入り込んだんだから、ショウキは悪くないよ」

ありがとうと付け加えてショウキからお盆を受け取る。そのまま中央の丸テーブルに置くと、腑《ふ》抜けたような声が飛んできた。

「瑠奈ちゃんって本当に人間？」

「どうして？」

「いや、ちっとも自分を擁護しないなと思って」

「だって悪いのは私で」

「そういうとこも。人間って全部相手のせいにして逃げるクズなのに瑠奈ちゃんは変わってる」

ホテルでも責任転嫁は頻繁に行われ、その矛先は全て瑠奈に向けられていた。自分のせいにしておけばその場を丸く収められていたから、その癖が抜けない。自分の意見を言っても誰にも届かない社会は窮屈だった。

「源《げん》さんがね、私が一発で石を積み上げたことに驚いてた」

「人間が持てるような石じゃないしな」

「私、知らない間に人間であることを捨てたのかもしれない」

自分と向き合うことをしないで生きてきてしまった結果がこれだ。人間と関わらない世界に行きたいと、心のどこかで思っていたからトラと巡り会えたのだと都合よく解釈をする。

「俺さ、飛ぶことが大好きだった」

「だった？」

「人間に羽を石で潰《つぶ》されたんだよね。ガキのイタズラってやつ」

虹色《にじいろ》に輝く羽を小さく揺らしながらショウキは俯《うつむ》いた。

「飛べなくなった俺は葉っぱに乗せられて川流し」

「……そんな」

「いつも飛んでた青空がすげぇ遠くに見えた」

俯いていた視線を滑らせるようにして天井へ運ぶ。そして、ため息をひとつ漏らすのだ。

「人間のせいでそれもできなくなってさ」

ショウキの瞳が揺れている。まるで今も葉っぱの上にいるみたいに天井を見上げている気がした。

「仲間が空から俺を見てた。でも、俺はもう飛べなくてそれを察した仲間は申し訳なさそうに飛んでいったよ」

バツが悪そうに後ろ髪を掻《か》くショウキの姿がボヤけて見える瑠奈は、袖口《そでぐち》でそっと目元を擦《こす》った。

「また仲間と飛びてぇな」

川に流されてどうなったのか容易に想像できる。大量の水が青空を消し、ショウキの命も消した。忘れられない記憶をショウキは話してくれている。

「忘れればいいのに、俺はその記憶を捨てられない」

「どうして捨てないの？」

「ガキが俺の羽はすげぇ綺麗《きれい》だって褒めてくれてたんだ。その時の嬉しかった気持ちまで捨てるのは違うなって」

にっと白い歯を見せて笑うショウキ。その笑顔がとても眩しくて瑠奈は数回瞬きをする。

「だから瑠奈ちゃんも人間であることを捨てられないと思うんだよね」

「そうかな」

「いい思い出だってあるだろ？」

言われて思い浮かべたのは両親と過ごした幸せな日々だった。「おはよう」から始まり「おやすみ」で終わる変わらない毎日に、どれほど支えられていたか分からない。

「まあ俺も人間嫌いだけど、他のヤツほどじゃないから、トラ様も瑠奈ちゃんのお目付け役に回したんだろうけどね」

「ありがとう、ショウキ」

「どういたしまして。瑠奈ちゃんは嫌な人間じゃなさそうだし俺は歓迎するよ」

それだけ言い残してショウキは部屋を出て行ってしまった。テーブルに置かれた野菜グラタンをスプーンで掬《すく》い一口食べれば涙味。ショウキの思いと昔の記憶に触れて涙が頬を伝っていく。ここにいる限りは自分と向き合いたい。何かが変わるかもしれない日を思い描きながら野菜グラタンを食べ進め、空腹を満たした瑠奈は眠りについた。

◇◇◇

「瑠奈、おはよう」

「ねぇ、ノックは？」

「したよ」

「はぁ……」

トラによる不法侵入は毎朝の日課になりそうだ。

「ショウキとの浮気は許さないよ」

「浮気？　昨日の夜のこと？」

「夜に男と二人きりになるなんて襲ってくれと言っているようなものだ」

「何を言ってるの？」

「まあショウキは恋愛なんてしたことがないから心配はしていないけどね」

不必要な嫉妬《しっと》だったかな、と言って笑みを溢《こぼ》すトラを白い目で見つつ部屋から追い出すのも恒例である。着替えを済ませ夕食の食器を持つと、トラと共に食堂へ向かった。

食堂へ足を踏み入れた途端に注がれる瑠奈への冷たい視線。そのまま息苦しい朝食タイムが開始される。嫌みを込めて漏らされるため息は調味料。この雰囲気に耐えかねた瑠奈は、小鉢に盛られたひきわり納豆を箸《はし》で何十回もかき混ぜる。白い泡が豆を隠し始め、箸に糸が絡みついた頃。

「おい人間」

昨日は少しだけ距離が縮まったと思えたマオが憎たらしく声を掛けてきた。寝たら忘れるタイプということにして瑠奈は返事をする。

「なに？」

「雨やんだ」

「うん？」

「だから、お天気になったって言ってんだよ察しろ！」

「……ああ！」

これはつまり飛ぶ練習を見守れということなのだろう。ツンデレ具合が可愛くて小さく笑うとミレイナが口を尖《とが》らせる。

「でた、人間の外道作戦」

「外道作戦？」

「小さい子から手懐《てなず》けて支配していく人間の悪い癖」

ミレイナを手懐けるにはどうすればいいのだろう。女のひがみというものほど攻略が難しい。すると、バァバが口を開いた。

「朝からおよし。はしたない」

「バァバも人間の味方をするつもり？」

「あたしらはトラ様に忠誠を誓っているんだ。とやかく言うもんじゃないよ」

いつになったらこの食堂は温かくなるのか。トラもこのやり取りに口を挟まなくなり、自分で解決しなければという使命感ばかりが膨らんでいく。それでも相手がこちらと対話してくれない以上、先に進めないのがもどかしいところだ。

朝食を終えると各自仕事へ向かう。瑠奈に与えられた仕事は掃除のみ。強いて言えばチビ達の子守りだろうか。やりたい仕事は山ほどあるけれど、勝手にしては反感を買ってしまうだろうしと頭を悩ませていた時だ。

「俺達、今日の皿洗い当番めんどくさいからお前にパス」

食堂には頭を抱える瑠奈とあのチビ達。当番なのになかなか食器を洗い始めないと思っていたら、これを伝えるためだったらしい。

「パス？　え、お皿洗っていいの？」

「なに。俺達のパスは受け取れないって言いたいのかよ」

「洗います！　ぜひ洗わせてください！」

「言っとくけど、皿割ったらバァバに言いつけてやるから」

突然与えられた新しい仕事。認められた気がして瑠奈は無邪気に微笑んだ。

「早く洗えよ人間」

「人間じゃなくて私は瑠奈」

急《せ》かすように服の裾《すそ》を引っ張るマオは少し楽しそうにも見える。その半歩後ろにはイロハとルキが警戒した瞳《ひとみ》で立っていた。

「二人もマオが飛ぶのを手伝ってくれるの？」

「マオが人間に毒されないように監視するだけですー」

イロハが耳をピンと張りながら言う。子どもは感情に素直だから仕方がない。

「三人はいつも一緒だね」

「俺達は同い年だし」

「そういえば何歳なの？」

「覚えてないけど百歳ちょっと」

「百⁉」

どう見ても小学校低学年。ということは他のあやかしどころかトラはその倍、いや三倍以上の年齢だと推測できる。考えるだけで頭痛がしてきた。

「お前も友達くらいいるんでしょ？」

「いないよ」

「うわ、ボッチヒューマン」

「憎たらしい言い方やめて」

不意に親戚《しんせき》の家に預けられるまで一緒に遊んでいた友人を思い出す。出逢《であ》いは覚えていない。気づいたら一緒にいて公園で待ち合わせて遊ぶようになったことだけを記憶している。ブランコを押させたり鉄棒の補助をさせたり、当時は活発だった瑠奈が家来のように遊びに付き合わせてしまった。顔は思い出せないけれど、元気にしているだろうか。

「洗い物終わったのかよ」

「終わりました。じゃあ練習しよっか」

「仕方ないから練習してやる」

「はいはい」

今は今で楽しい。両親が事故に遭ったのもマオ達とそう見た目が変わらない頃だったから、当時に戻った気分にもなる。まるで、止まっていた時間が動き始めたような。

雨上がりの庭園には宝石のように輝く雨粒が新緑を鮮やかに見せている。願いの池にも僅《わず》かな水溜《みずた》まりができていた。空を見上げながら瑠奈はマオに質問を投げる。

「飛ぶイメージはできる？」

「なんとなく。でも、急に飛ぶのは怖いかも」

初心者がバンジージャンプをするようなものだし確かに恐怖心を伴う。どうすればいいものかと考えた瑠奈はあることを思いついた。

「神社の隅に、要らなくなった木とかが棄ててあったと思うから取りに行かない？」

「ゴミ拾いかよ」

「じゃあさ、ブランコって乗ったことある？」

すると、マオ達は目を見開いて瞳に星を降らせた。ブランコという単語で喜びを見せる姿は人間の子どもと変わらない。

「池の隣にある木もしっかりしてそうだし、そこに簡単にだけどブランコを作ろうと思うんだ」

「ブランコ！　いつも人間が占領してるから乗ってみたいと思ってた」

「手伝ってくれると嬉《うれ》しいんだけど、ダメかな？」

「源爺《げんじい》にも最近会ってないし仕方ないから、ついてってやる」

三人は顔を見合わせ今にも躍り出しそうな勢いで走り始めた。その後を瑠奈は小走りでついていく。

竹林を抜けた先。地面に描かれた線路を跨《また》ぎ、躊躇《ためら》うことなくその先の世界へ飛び込む小さな後ろ姿はとても軽やかである。瑠奈も若干の恐怖はあるけれど、隔てられた空間へその身を投げた。

瞼《まぶた》を開けると来た時と変わりない光景が広がっていた。静かな虎《とら》ノ崎《さき》神社に参拝者の姿は見られない。辺りを見回すとなぜかマオ達は賽銭《さいせん》箱を覗《のぞ》き見ている。

「何をしてるの？」

「お賽銭入ってないから誰もお願いしに来てない」

昨日の雨が池に水溜まりを作っていたから、もしかしたらと思ったのだろう。純粋な行動に自然と笑みが溢れた。

「木とロープあったよ！」

先に走り出したイロハが跳び跳ねながら嬉しそうに教えてくれた。これは一刻も早くブランコを完成させなければという使命感に駆られてしまう。廃材がこんな形で役に立つと思わなかったけれど、この神社の存在価値が薄れていることを痛感した。

ブランコの座板部分になりそうな分厚い木と頑丈そうな長いロープを調達し、源の所へ向かおうとした瑠奈はその足を止める。

「私、ちょっとだけ買い物に行ってくるから待っててくれる？」

「えー、ブランコ作るって約束は？」

「ちゃんと守るよ。源さんにお土産渡さないといけないの」

申し訳なさそうに頭を下げれば三人は口を尖らせながらも快諾した。十数えるまでに帰ってこい、という無茶な条件を右耳から左耳へ聞き流す。源は門番という大役を一人でしているのだから労《ねぎら》いは必要だ。瑠奈は源への手土産を調達しに行くことにした。

境内を抜け目的の場所で買い物を済ませた瑠奈は、二十分ほどで神社へ戻る。

「お待たせ」

「おっそ。その袋は何？」

「源さんへのお土産」

買い物袋は二つ。それを両手に神社裏の祠《ほこら》へと足を進めていく。相変わらず湿っぽいこの場所は少し冷えている。

「これって全員が石を積み上げる度に源さんは出てくるの？」

「基本的にあやかしは免除されてるんだ。俺達はこの祠に向かって〝ただいま、源〟って言えばいい」

そういえばトラもそんなセリフを言っていた気がする。開けゴマみたいな合言葉なのかもしれない。

「これは人間を寄せ付けないためのものだから。石を積み上げられた人間にだけ源爺は姿を見せるんだ」

「源さんも大変ね」

「いや退屈じゃないかな。人間でこれを積み上げられたの、お前で二人目だし」

自分以外にもここへ来た者がいるというのは初耳だ。それが誰なのかを質問する前にマオは言葉を続ける。

「退屈な源爺のために、俺達もたまに石を積み上げて遊んでやってる」

源の嗅覚《きゅうかく》が鈍ったとトラが言っていたことを思い出す。あやかしが石に触れすぎていたから、石を積み上げた瑠奈をあやかしだと思い込んだのでは。うっかり姿を現してしまった説も否めなくなってきた。

「早く石を積んでみてよ」

　急かすようにして背中を押す三人。もしも石を積み上げられなかったら、という不安に押し潰《つぶ》されそうな心。瑠奈は恐る恐る石に触れるけれど、その迷いもすぐに消える。あの時と同様その手は迷いなく三つの石を積み上げた。

「マジか、ほんとに積み上げやがった」

「すごいの？」

「お前、人間じゃないだろ」

「ショウキにも似たようなこと言われたよ」

　意識して積み上げているわけではないけれど、三人の反応を見るとすごいことには変わりないらしい。同時に三人が祠に向かって合図の言葉を投げれば、その扉は勢いよく開かれた。

「おや、今日はトラ様とは御一緒ではないのですか？」

「うん。今日はこの子達と」

「にゃんですと⁉」

　驚きながら尻餅《しりもち》をつく源は、取り乱すと猫語が出てしまうらしい。可愛い生き物である。

「こやつらは我儘《わがまま》トリオですのに、よくもまあ行動を共にできることで」

「おい源爺。俺達をバカにしてるとそのヒゲ引っこ抜いちゃうぞ」

「フン。お前たちの羽と耳と尻尾《しっぽ》を引っこ抜いていいというならやるがいい」

「ぎゃっ！」

初めて威嚇を見せた時と同様に鋭い爪と牙《きば》を見せる。三人はあまりの恐怖に瑠奈の後ろへ隠れてしまった。

「お前達はいつから瑠奈さんを盾にするような関係になったのかね？」

「うるせー。この人間は今からブランコを作る働き蟻なんだ！」

無駄な応戦に萎《な》えた源は爪と牙を隠し少し乱れたスーツを整える。まるで孫にもてあそばれる祖父。

「源さん、これを」

「なにかね？」

「喜んでくれると嬉しいんですけど」

買い物袋を一つ手渡すと、源は鼻を近づけて匂いを確認している。マタタビが好きだとトラから情報を得ていたから、これからお世話になる意味を込めて。

「こ、これは！」

「これなら数も多いし、いつでも清潔な状態で楽しめると思います」

個包装になった粉末タイプのマタタビをプレゼント。

「フン。マタタビを寄越《よこ》すとは生意気な人間め」

「要らないなら返品してきますけど」

「大好物だと察して下さらにゃいのですか⁉」

明らかに高揚し瞳《ひとみ》を輝かせているのだから喜んでいるのはよく分かる。三人に便乗して少しからかってみただけだ。

「源さんはお食事はどうされているんですか？」

「トラ様がいつも御準備して下さいます。ちなみにキャットフードしか食べませんよ私」

「そうなんですね。一人で寂しくないですか？」

「私は構われたくないタイプの猫なので今くらいが快適です。ご心配ありがとうございます」

源の瞳にはマタタビしか映っていないようで、早く一人になりたい感がヒシヒシと伝わってきた。マタタビを堪能《たんのう》する所を見てみたい気持ちもあるけれど、今優先すべきことはマオが飛べるように助力すること。

源はマタタビを大事そうに抱えながら線路に沿って石をひとつ投げた。

「ほれ、もう行きなさい」

「じゃあな源爺」

「あまり瑠奈さんを困らせるんじゃありませんよ？」

「困らせてんのは人間の方だっつーの」

憎たらしく舌を出す三人。祠の左脇に描かれた線路の上を三両編成の電車のように肩を掴《つか》みながら、見えない世界へ姿を消してしまった。

「源さん、またね」

「――ああ、久しく聞きました」

「え？」

「〝またね〟という言葉は、私が一番好きで……一番嫌いな言葉でございます」

僅《わず》かに悩ましげな表情を見せる源は、言葉を大切にするようにゆっくりと言葉を吐き出す。

「またね、瑠奈さん。いってらっしゃいませ」

「はい、いってきます！」

マオやショウキの話を聞いて、あやかしが人間を嫌うのには理由があるのだと知った。源にとってのそれもいつか共有できる日が来るだろうか。そんなことを思いながら瑠奈も三人の後を追った。

庭園に戻り早速ブランコ作りに取りかかる。ノコギリやヤスリを使って座板部分を作り、ロープは太い枝に二本くくってブランコを完成させた。枝が傷つかないよう念のため藁《わら》を巻き付けその上からロープを通していく。

「わぁ！　ブランコだ！」

庭園も少しは遊び場になるだろう。ここで三人の楽しい声が響けば他の住人達にも届くはずだし、少しでも活気づけばという瑠奈なりの配慮だ。

「今は遊ぶためのものじゃなくて、マオが飛ぶイメージを付けられるようにするためだからね？」

「どういう意味だよ」

「ブランコを漕《こ》ぐと少しだけ飛んだ気分になれるの。そこから飛ぶイメージを作れないかなって」

ブランコであればどこかしらの身体が密着しているから、恐怖心をそこまで感じないと思った。漕げば空までの距離が縮まりイメージできるのではないか、と思いブランコを提案したのである。

「イメージだな、やってみる」

ブランコに腰掛けロープを握りマオの背中を瑠奈が優しく押すと、ブランコは揺れ始め、マオの足も地面から浮く。ゆらゆらと揺れる動きに笑顔を見せるマオに恐怖心はなかった。

「風が気持ちいい！」

「怖くない？」

「うん、いつも見えない景色が見えて楽しい」

空との距離が縮まる度、首を左右に動かして景色を堪能するマオは実に楽しそうだ。

「こんな感じで飛ぶの。いけそう？」

「いけそうだけど、飛ぶって思うと怖い」

「無理はしなくていいよ。ブランコでイメージをつけてマオが飛べそうな時に呼んでくれれば、いつでも付き合うから」

「お前やっぱ人間じゃない」

「え？」

「人間は俺なんか眼中にないから」

消せない傷は何かで覆って被《かぶ》せてあげるしかない。力を振り絞って伸ばした手をはね除《の》けられたショックと死への恐怖は、きっと消せないから。

「私は人間だけど、一応ここの管理人よ。ちゃんとマオのこと見てる。いつかマオも私のことを見てくれると嬉《うれ》しいな」

「ブランコ止めて。降りる」

「う、うん」

押し付けがましくしてしまっただろうか。イロハとルキも心配そうにマオを見つめている。先に口を開いたのはイロハだった。

「人間の言うことなんて聞かなくていいんだよマオ」

「………」

「僕とルキが人間の我儘に振り回されて苦しんだことも話したじゃないか」

人間が悪い生き物にされているけれど、擁護しようとは思えない。その人間に分類されている瑠奈も、結局は他人と距離を置いていたのだから無関心と変わらない。彼らが言っていることは間違っていない。

しかし、マオは少しだけ考え方を変えたらしい。

「この人間はなんか違うと思う」

「どう違うっていうんだよ」

「他の人間と違ってしつこい」

褒められているのかけなされているのか分からず瑠奈は苦笑した。

「あと、俺の話をちゃんと聞いてから俺のために何かしようとしてくれる」

失礼なことに右手人差し指を瑠奈に向けて照れくさそうにそれを言うのだ。コンシェルジュという仕事がそうだというのもあるけれど、相手の話を聞く姿勢は当然持っていなければならないものだと思う。

「イロハとルキも分かってるから今一緒にいるんじゃないのかよ」

「僕達は信じないよ。人間はうまいこと誘導してそのまま見捨てるんだ！」

特にイロハのトラウマは強いらしく瞳を波のように揺らせて声を張り上げた。二人の間でルキは必死にこの争いを収めようと慌てている。必死にマオを呼び戻そうとしているイロハとルキをこれ以上傷つけたくない。今このタイミングで二人が人間に何をされたのかを聞くことなんてできなかった。

「人間嫌いなのは分かってる。でも、今はマオが飛べるようにしたいだけなの。手伝ってもらえないかな？」

「だったら僕とルキに嘘つかないって証明してみせてよ」

「どうしたらいい？」

「夕飯抜き！」

子どもらしい発想だと思った。仕事で疲れて夕飯を食べない時はよくあったから簡単なお願いだ。

「ダイエットだと思って頑張るね」

「あと、夕飯終わって皆が寝るまでこの庭園にいること！」

春といえど朝晩はまだ冷え込む。風邪をひくのが目に見えているけれど、それで信用してもらえるならば首を縦に振るしかない。

「分かった」

「へっ、どうせできないし。嘘つき人間って言いふらしてやる」

それだけ言うとルキの手だけを引っ張ってこの場を立ち去ってしまった。残された瑠奈とマオの間に沈黙は流れない。

「なんであんなの引き受けたわけ？」

「マオがもしも落ちた時に下に人数多い方が安全だし」

「そういうことじゃないから。もっと自分のこと考えろって言ってるんだけど」

「私のことはいいの。そんなことよりブランコ乗ってイメージつけてよね」

管理人としてできることは限られている。今の瑠奈にとって仕事を与えられるだけでも幸せなこと。この身を削ってでも何かをしてあげたいと思うのは、コンシェルジュとして培ってきたものがあるから。

それからマオは何度かブランコでイメージトレーニングを行いイロハとルキに呼び出されて庭園を後にした。程なくして住人達が帰宅し瑠奈は駆け足でバァバの下へ駆け寄る。

「バァバさん！」

「なんだい？」

バァバの両手には食材を詰め込んだショッピングバッグが持たれている。人数が多いだけあってそれは膨れ上がっていて重そうだ。

「買い物してもらったんですけど、今日のお夕飯は私の分はなしでお願いします」

「そんなことをしたら、あたしがトラ様に怒られる」

「トラはきっと全部知ってるので大丈夫です」

今も見守りという名の監視をしているに違いないけれど、瑠奈の言葉にバァバはなかなか首を縦に振らない。

「食事だけは楽しく美味《おい》しくというのがトラ様の願いなんだ」

「うん？」

「理由があったとしても、空席にするわけにはいかないよ」

瞼《まぶた》を閉じてどうしたものかと肩を下ろすバァバはショッピングバッグを持ち直した。既に空席は一席ある。瑠奈が食事を摂《と》らないことでそれは二席になってしまう。それならばと瑠奈は声をあげるのだ。

「じゃあ私の分身を作りますね」

「分身だって？」

「お裁縫苦手なんですけど、人形作ってきます」

「人形って」

「あ！」

「今度はなんだい？」

瑠奈は管理人室へ入り、先ほど源へのお土産と一緒に調達したもうひとつの買い物袋を手に戻ってきた。

「キッチンの包丁、年季が入っていて切れ味悪そうだったので包丁研ぎです」

「そんなの要らないよ」

「少しでもストレスなく食事を作れた方がバァバさんの負担も減るかなって。新しい包丁をと思ったんですけど、使い慣れている包丁が一番ですもんね」

ショッピングバッグに包丁研ぎを忍ばせる。これだけの人数の食事を作ることは大変なことだと思う。厨房《ちゅうぼう》で勤務していたコックも忙しくてピリピリしていたし、切れ味の悪い包丁に苛立《いらだ》つ姿も見ていた。コックにとって包丁は料理の要《かなめ》。瑠奈のいたホテルのレストランでは見習いコックが包丁を研ぐことも多く、切れ味が悪い時は料理長が自ら研ぎ直すこともあった。それを自分のものにするため見習いコックが真剣な眼差《まなざ》しで手技を観察するなど、彼らの料理に対しての熱意は目を見張るものがあったように思う。食材によって包丁の種類を変えたり、旬の食材に合わせ火加減や蒸し方等を調整していたり。お客様に提供する料理にはコックの愛と夢が詰まっていた。料理を振る舞われたお客様は胃袋だけでなく心も満たされていたに違いない。料理は人の心を満たすものでもある。

「あんた疲れないかい？」

「え？」

「ここにいるあやかしは人間が嫌いなんだ。人間は人間らしく人間の町で暮らしたらどうだい？」

邪魔者扱いには慣れているし我慢をすれば穏便に済ませられることも知っている。けれど、同じようにあやかし達にも我慢を強いていることも知っているから、うまく言葉が出てこない。

「皆さんに不快な思いをさせてしまっているのは分かってます」

「分かってるなら早めに出ておいき。あたしらが静かに怒っているうちにね」

突き放すように言うとバァバは大きな背を向けて長い廊下を歩いていく。存在を否定されるのはいつものこと。それなのに、トラの大切な人達に見放されることが辛《つら》いのだということに気づいてしまった。

「お帰りなさい、トラ」

「ただいま」

「今日は一緒にご飯を食べられないの。ごめんね」

「そうか。それは仕方ないね」

何も問い質《ただ》さないのは全てを知り得ているからだと理解している。いつもならトラの隣を歩く瑠奈も今は三歩後ろを歩き言葉数も少ない。

「源が喜んでいたよ」

「え？」

「マタタビをいただいたので暫《しばら》くキャットフードはカロリーオフのものでお願いします、とね」

分かりやすい猫である。今頃、目を細めながらマタタビを堪能《たんのう》しているに違いない。今日はイロハやバァバに冷たくあしらわれてしまったけれど、源の力になれたことを功績に入れても許されるだろうか。なかなか思うようにいかず瑠奈は肩を落とした。

「ううん、弱音はだめよ私！」

「瑠奈？」

「トラ、私に活を入れて！」

「痛いのがいい？　痛くないのがいい？」

「とびきり痛いの！」

自分の置かれている状況を受け止めようとする瑠奈の瞳《ひとみ》に迷いはない。自分の意思で管理人を引き受けたのだから、弱音を吐いている場合ではない。強い思いに触れてトラは手をあげた。

そして――。

「とびきり痛いだろ？　好きではない男に抱きしめられるのは」

叩《たた》かれるのを覚悟で両目を強く瞑《つぶ》った瑠奈をトラは優しく抱きしめたのである。歪《ゆが》む視界を隠すようにその大きな懐に顔を埋めながら瑠奈は小さく呟《つぶや》いた。

「うん、とても痛い」

背中に回される小さな腕は僅《わず》かに震えていたけれど、トラは落ち着くまで瑠奈を優しく抱きしめる。

「ありがとうトラ」

「どういたしまして。またいつでも活を入れてあげるからね」

「心強いです」

気分も落ち着いたところで二人は距離を保つ。トラの優しさに触れる度、瑠奈の陰った心に温かい光が灯《とも》る。それを言葉にできないまま、瑠奈は庭園へトラは皆の待つ食堂へ戻るのであった。


「お腹空《す》いたな」

そよ風で揺れて擦《こす》れ合う葉の音に混じりお腹の音が風情なく響いている。ダイエットだと息巻いたくせに頭の中にはバァバの手料理が浮かんできてしまう。

「今日はアサリの酒蒸しかな」

食欲をそそる香りが瑠奈の腹時計のボリュームをあげた。虎桜館に来てから栄養満点の食事を毎日摂取していたため満腹中枢が麻痺《まひ》している。唾液《だえき》を飲み込んでも空腹は満たされない。いつもならカップ麺《めん》で満足できていたというのに、これが煩悩になっていくのだろうか。肩を落としてため息をついた時だった。

「おい人間」

「マオ？」

「やる」

まだ食事が開始されて十五分程しか経過していない。マオはいつも食事ペースが遅いからここへ来ていることが不思議でならなかった。手渡されたお皿に載っているのは、いびつなおにぎりが二つ。

「もしかして、作ってくれたの？」

「ご飯余ってたから作っただけ。勘違いすんな」

「ふふ。でも、夕飯は食べない約束だから」

「これは夕飯じゃなくて夜食！　食っていいやつ」

「なるほど。じゃあ、いただこうかな」

ブランコに腰掛けながら瑠奈はそれをひとつ頬張った。塩味の効いた素朴なおにぎり。それなのに、とても美味《おい》しく感じた。ご飯と塩だけのそれはどんな料理よりも温かい。震えそうになる心を必死に抑えて瑠奈は言う。

「美味しい。ありがとうマオ」

「けっ。うまいに決まってんだろ、この俺が作ってやったんだから」

鼻高々に言うマオが可愛らしくておにぎりさえも可愛く見えた。

「マオはご飯途中じゃないの？」

「もう食った。腹痛くなったらお前のせいだからな」

早食いをしておにぎりを握ってくれたその優しさに胸の奥が熱くなる。誰かの優しさに触れるとこんなにも幸せな気持ちになれるのに、誰かと関わることを拒絶していた自分が少しだけ勿体《もったい》なく感じた。

「あと、これはルキからのポテトサラダ。こっちはイロハからの唐揚げ」

「え、どうして二人が？」

「そんなの悪いと思ってるからに決まってるじゃん。許してやってよ」

「怒ってなんかないよ。人間に嫌なことをされたんだもん、そう簡単には忘れられないもんね」

むしろイロハとルキにも申し訳ないことをしてしまった。三人は同い年でずっと一緒にいたのに、部外者の人間が仲間の一人を奪おうとしているように思えたはずだ。

「マオもごめんね。無理に飛ばせようとしちゃって」

「別に。お前だけは飛ばせようとしてくれるからいい」

「え？」

「大事にしてもらえるのは嬉《うれ》しいんだ。でも、このままじゃダメだって俺も思ってたから、お前にケツ叩かれて嬉しかった」

あやかし達には心の傷がある。皆の痛みも分かるからこそ無理強いしないのだと思う。

瑠奈もそちら側にいたはずなのに、トラの思いに触れて心境の変化があった。

「トラがね、いつか人間とあやかしが分かり合える日が来るといいなって言ってた」

「トラ様らしい」

「そうなってほしいなって思うから、ここで管理人を頑張りたい」

新しく見出《みいだ》した夢がそれだった。何かを変えるための一助になれるのであれば、嫌われ役を買ったっていい。

「お前だからトラ様は連れてきたんだろうな」

「私だから？」

「変わり者って意味。そんなことよりあの不気味な人形はなんだよ」

「不気味って。手作りした私の分身です」

倉庫にあった布とクッションを縫い合わせて顔部分に「るな」と油性ペンで書いただけの人形だ。バァバに渡した時はそっけなくて、席に置いてもらえないと思っていたからマオの言葉を聞いて安心した。何となくバァバは味方をしてくれていると思い込んでいたのもあり「早く出ておいき」と言われたことが地味に傷ついている。

「まあいいや。明日飛ぶから手伝って」

それだけ言い残すとマオは駆け足でアパートへ戻っていく。認めてもらえたような気がして残りのおにぎりとポテトサラダ、唐揚げを綺麗《きれい》に完食した。少し塩っ気が多く感じたのは、マオ達の優しさに触れて頬を伝った涙のせい。お腹の音もすっかり鳴りやみ、心も満たされた瑠奈は夜の音を聞きながら静かに瞼《まぶた》を閉じた。

「瑠奈、ここで寝ていたら風邪をひくよ？」

肩を叩かれてハッとした。満腹になり睡魔に襲われ、そのままブランコでうたた寝をしてしまったらしい。だいぶ夜風も冷たくなっている。身震いをするとトラが羽織を渡してくれた。

「もう皆も寝たから瑠奈も部屋へ戻りなさい」

「あ、ほんとだ。電気が消えてる」

「すまないね、振り回して」

慰めるように頭を撫《な》でてくれることが嬉しい。安らげる場所を提供したいというトラの願い。一緒に叶《かな》えたいと切に思う瑠奈は自信なげに言葉を紡ぐ。

「もしも私が間違ったことをした時は教えてくれる？」

「もちろん。その時はお説教もプラスしてね」

「ふふ。お願いします」

「あ、そうだ」

マオが夜食として持ってきてくれたお皿を食堂へ持っていこうとすると、トラが思い付いたように言う。それも、とてもわざとらしく。

「バァバが今日の包丁は切れがよくて、いつもより食事の準備が早く終わったと言っていたよ」

その言葉で心に溜《た》めていた不安が洗い流されるように頬を伝って溢《こぼ》れ始めた、今日何度目か分からない涙。バァバが包丁研ぎを使った事実を今伝えてくるなんて卑怯《ひきょう》だと思う。

「性格悪いよトラ」

「瑠奈の涙顔を見るのは俺の特権だからね」

着物の袖口《そでぐち》で頬を伝う涙を拭《ぬぐ》いながらトラは優しく微笑んだ。優しい言動に心が揺れてしまうのは意識しているから……かもしれない。

「瑠奈はよく頑張ってるよ。大丈夫」

「ありが、とう……っ」

「よしよし」

トラがいるから頑張れる。トラがいないと頑張れない。神様に恋をし始めているだなんて口が裂けても言えないけれど、いつかこの気持ちが本物になる日がきたらきちんと伝えたいと瑠奈は切に思った。

◇　◇　◇

翌朝、皆が仕事へ向かい静かになった庭園にマオ達はいた。最初は屋根の上までイロハとルキが付き添い、今はマオだけが屋根の上にいる。瑠奈の隣にはイロハとルキが申し訳なさそうに立っていた。

「あのさ」

ぽつりと呟いたのはイロハだ。もじもじとまるで女の子のように恥じらいを見せている。

「なに？」

「昨日はごめんなさい」

深々と頭を下げるとルキも一緒に頭を下げた。その身体は震えているようにも見える。怒りによるものではなく反省による震えだ。

「あんなに美味しい夜食、初めて食べたよ」

「え、怒らないのか？」

「反省してる二人に怒ることなんてないよ。ポテトサラダも唐揚げもご馳走様《ちそうさま》。ごめんね、二人のおかずなのに」

「ショウキとかナギトが分けてくれたから大丈夫」

皆がおかずを分け合っている光景が目に浮かぶ。血も繋《つな》がっていなければ生きた時代も違う皆が時間を共有できているのはトラのおかげなのだろう。

「もしマオが落ちてきたら私と一緒に支えてくれる？」

「仕方ないから支えてやる。ルキも賛成でしょ？」

「うんうん。人間だけじゃ頼りないし！」

握り拳《こぶし》を作るイロハとルキは男の誓いとばかりにそれをぶつけた。少しだけ変わってきているこの関係を大切にしていきたいと瑠奈は強く思う。

「おーい！　俺を無視して話すな！」

すると、屋根の上から足を震わせながらマオが大声を出す。高い所が苦手だと言いつつ一人であの場所にいられるのだから食わず嫌いのようなものだろう。

「マオ、私達はここにいるよ！　いつでも飛んで！」

庭園で両手を広げる瑠奈達を見てマオも決心を固めたようである。乱れた呼吸を落ち着かせるように深呼吸をし、瞳《ひとみ》の色を変えた。

「俺、飛びます！」

右手を真っ直ぐ青空に伸ばすと羽を広げるのが見えた。太陽の陽を受ける黒い羽は黒真珠のように艶《つや》やかである。飛び方を知らないマオはバンジージャンプをするように頭を地面に向けて飛ぶ。いや、飛ぶというよりも落ちるといった方が正しいかもしれない。

このまま落ちてしまうと危惧《きぐ》する瑠奈達の耳に、聞き馴染《なじ》みのある声が届いた。

「マオ、空を見ろ！」

それは青年の声。後ろを振り返ると、仕事に行ったはずのショウキが両手をメガホンのようにして叫んでいる。どうしてここに、という疑問も今は必要ない。その場にいる全員で空を見るよう叫べば、マオの身体は突如安定する。地面に向けられていたはずの頭は空へ向けられ青空に向かって飛び上がったのだ。

雲ひとつない快晴。そこに飛ぶカッコウは小さな羽を羽ばたかせて雲のように自由自在にその身を泳がせている。

「飛べた！　飛べたよ皆！」

最高の笑顔。時折両手で目元を擦《こす》るのは、きっと綺麗な雨がマオの頬を伝っているからだろう。同じように目元を擦るイロハとルキ、瑠奈の三人にショウキは困ったように言う。

「何でそんなに泣くかね」

「だってぇ」

「飛び方なんて教わらなくても飛べるようになってんだよ。飛ぶ意思があれば飛べるんだから」

ショウキの瞳に映るのは青空。羽を潰《つぶ》され飛べなかったあの空をじっと見つめている。飛ぶ意思があれば飛べる。そう思えるショウキが強く思えた。何かをしたいと思うことがどれだけ大きな一歩を踏み出せるのだろう。

「これで俺も一人で飛ばなくていいな」

「ショウキ……」

「瑠奈ちゃんがマオを飛ばしたの、俺のためでもあったんでしょ？」

また仲間と空を飛びたいと言っていたショウキ。虎桜館で暮らす仲間の中で羽があるのはマオだけ。ショウキは心を読めないはずだけれど、瑠奈の考えを言い当てた。トラが頼る理由はこういうところから来ているのかもしれない。

「管理人がすることじゃないよね」

「いーや。なんか快適だよ、今は」

少ししてマオが羽を羽ばたかせて庭園に降りてきた。駆け寄る私達にマオは頭を下げるのだ。

「飛べるって教えてくれてありがとうございました」

改まって礼を言われると照れてしまう。全員で顔合わせてはにかんで見せると庭園に明るい声が響くのである。

「飛べたことだしマオにも俺の仕事手伝ってもらうぜ?」

「お手柔らかにお願いします」

「保証はできねぇけどな」

「鬼アゲハめ!」

「うるせぇぞ、ガキ」

隣を見るとイロハとルキが瞳を潤ませている。マオの過去を以前から知っていた二人にとって、この成功は自分のことのように喜ばしいのだと思う。すると、イロハと目が合って慌てて顔を背けられた。

「お前が悪い人間じゃないことは分かってるんだ。信じたいけど、やっぱり僕はまた裏切られたくないから」

「ごめんね。辛《つら》いことを思い出させるために管理人を引き受けたわけじゃないの」

「え?」

「私もトラみたいに心を覗《のぞ》けたらイロハにそんな顔させなくて済むのにな」

消え入るような声で瑠奈が言うとルキがイロハの服の裾《すそ》をぎゅっと摑《つか》む。二人にしか分からない視線だけの会話。それを見守っていると、イロハは観念したようにため息を吐いた。そして、瑠奈を見つめながら「トラ様の花嫁になるかもしれないならよく聞いて」と、イロハがぽつりと話し始めるのだ。

僕は血統書付きの白色のネザーランドドワーフ。ブリーダーのいるうさぎ専門店で家族にしてくれる人間を待っていた。迎えに来てくれたのは、三十代前半で見るからに優しそうな夫婦。家に帰ってからも僕中心に生活をしてくれて、懐くのにも時間はかからなかったんだ。毛づくろいをしてくれたり僕の体調に合わせて食事を変えてくれたり、とにかく優しくてずっと愛してもらえると思ってた。

——でも、血の繋がった赤ちゃんに、僕は勝てなかった。不妊治療をしていた二人に待望の赤ちゃんができてから「一緒の部屋じゃ赤ちゃんが病気になっちゃう」って僕はいつもいたリビングから狭い部屋に隔離された。

(二人がずっと欲しかった赤ちゃんだもん。赤ちゃんは生まれたばかりだし仕方ない)

そう言い聞かせないと僕は寂しくて死んじゃいそうだったから。壁から聞こえてくる楽しそうな声を聞きながら僕も早くあっちに行きたいなって思うことしかできなくて。それから二人は僕の名前を呼ぶこともなくなった。ある日、車に乗せられ見たこともない奥地へ連れて行かれたんだ。周りは真っ暗で空を見上げても不気味な木々が揺れているだけ。

「散歩の時間だよ、イロハ」

久しぶりに僕の名前を呼んでもらって僕は大喜び。深紅色の瞳をキラキラさせて、いつもみたいに撫《な》でてくれるのを待っていた。

「イロハの好きな所に行っていいよ」

(好きな所に？　だったら僕は二人の家に帰りたい)

「もう今までみたいにイロハとは暮らせないんだ」

(僕がうさぎだから？　二人にかまってほしくて僕が足でケージを叩《たた》いてうるさくしちゃったから？)

「悪いのはイロハじゃないから」

(赤ちゃんが病気にならないように静かにする。だからお願いだよ、僕の名前をまた呼んで？)

でも、僕の声は届かなくて二人を乗せた車はスピードを上げて山道を下っていく。赤いランプだけを追いかけて慣れない道を全速力で走ったけど、ちょっと走っただけで息切れがして手足も傷だらけ。自慢だった真っ白でふわふわな毛は血まみれ。気づいたら赤いランプは見えなくなってた。

ここは僕の好きな所じゃない。二人がいないここは寂しくて寒くて、とても怖い。悪いのは僕じゃないのに、どうして置いていくの？　僕の何がいけなかったの？　どんなに鳴いても二人は戻ってきてくれなかった。

それからは知らない動物に命を狙われながら生き長らえて、辿《たど》り着いたのがルキのいるリス園だった。

「イロハも人間に捨てられちゃったんだね」

「捨てられた……？」

ルキの言葉に限界まで首を傾げたせいで転んだ。ここは人間が運営してたみたいだけど、経営破綻《はたん》してリス達を捨てて逃げてしまったらしい。僕達は人間に裏切られ捨てられたんだって、ルキの話を聞いて知ってしまったんだ。愛されるということはいつか裏切られるということ。だから、もう簡単に誰かの愛を受け入れることはできないんだ。

――ごめん。と最後に言うイロハの瞳からは溢《あふ》れんばかりの涙が頬を伝い、ルキも同様だった。心の傷がこれほどまで深いとは思わなかった。見えない傷は今もなお生き続けている。いてもたってもいられない瑠奈は二人を強く抱きしめていた。

「そんなに辛いことを話してくれてありがとう」

「……お前がちゃんと愛してくれるやつだってことは、この数日で分かったんだ。本当は愛してほしい。僕達はずっと、ずっと……寂しい思いをしてきたから」

抱きしめる瑠奈の背中にイロハとルキは腕を回す。

「でも、愛されることが怖いんだ。また嫌われるんじゃないか、捨てられるんじゃないかって思うと」

「ねぇ、イロハとルキはこのアパートに住む皆のことは好き？」

うるさいやつばっかだけど、と二人は頷《うなず》いた。

「よかった。二人はまた誰かを好きになれたんだね」

「え？」

「愛されることが怖いのに、皆を好きって思えるのはもう前に進めてるってことだと思う」

「そうなのかな」

「ちゃんと向き合おうと頑張ってるんだから、愛される道しかないんじゃないかな」

瑠奈の言葉にイロハとルキだけでなくマオまでむせび泣きを始めた。過去の自分と向き合い、今の自分を認めてくれた瑠奈は三人にとって大きな存在となり始める。

「むしろ捨てられるのは私の方かも」

「なんで？」

「もうここの皆は家族だけど、私は突然来た部外者。嫌になったらいつでも私を捨てられるもの」

言いながら消沈する瑠奈。その肩にショウキの手が乗せられた。

「瑠奈ちゃんだって帰る場所がないのに、そんなこと俺達がさせないから」

肩に置かれた手から滑らせるようにショウキに視線を移すと、柔和な笑みを溢《こぼ》してウィンクをするのだ。

「瑠奈ちゃんは俺達が知ってる人間じゃない」

「人間くさいけど人間じゃない人間！」

「あやかしに盾つく人間！」

「キュッキュッキュの人間！」

どれも褒め言葉に取れない三人の返答に苦笑しかできないけれど、喜ぶべきことなのだろう。

「皆、私なんかに話してくれてありがとう」

「瑠奈ちゃんだから話したんだよ」

「嬉《うれ》しい。私はね、人間を嫌ったままでもいいと思うんだ」

「なんで？」

「考え方の合わない人といても窮屈なだけで、結局自分の殻に閉じこもってできることもできなくなるから」

人の顔色を窺《うかが》ってお膳立《ぜんだ》てをすることが悪というわけではないけれど、それでは視野が狭くなる。海から見える水平線の向こうに見たことのない世界が広がっているように、誰にでも広い世界があるはずだから。

「さっき、ショウキが空を見ろって言ったでしょ？」

「ああ。下見てたら飛べないし」

「それだよ。みんなね、足下だけを見て必死に歩いてる」

視線を上げれば少し先に誰かいることも分かるけれど、足下だけを見ているせいでぶつかってしまうのかもしれない。

「私もずっと見ようとしてなかったから。皆と一緒に知らない世界を見てみたいな」

あやかしと暮らしていることが既にそれに当てはまるかもしれない。意外にこの生活が性に合っていると思う瑠奈は肩の力が抜けたような表情をしている。

「しゃーない。瑠奈ちゃんおっちょこちょいだし、見守り役のショウキ様が手伝ってやるか」

「ショウキだけじゃ頼りねぇよな、ただのアゲハ蝶《ちょう》だし？」

「おい」

和やかな雰囲気に自然と笑みが溢れるのは皆同じだ。少しだけ距離が縮まった五人。ほっと胸を撫で下ろす瑠奈をマオが呼ぶ。

「ねぇ」

「どうしたの？」

「あの、さ」

ルキのようにモジモジとし始めるマオを見て瑠奈が言うことはひとつだけだ。

「トイレ？」

「ちっげーよ、鈍感女！」

「はいはい、鈍感女でも人間女でも好きに……」

「ありがとう、瑠奈姉ちゃん」

聞き間違えたかと思い瞬きを繰り返すけれど、マオの顔は真っ赤でそれが移ったかのように瑠奈も顔を赤くする。

「え、今なんて言ったの？」

「今日はもう言わない！」

背中を向けるマオの代わりにイロハとルキが「瑠奈姉ちゃんって言った！」と後ろ指を差しながら笑っている。それに反応するマオは逃げる二人を追いかけ回すのだ。

「アイツらを手懐《てなず》ける瑠奈ちゃんすごいよ」

「手懐けたわけでは」

「今日のトラ様は上機嫌に帰宅するだろうね」

高らかに笑いながらショウキは遅めの出勤をするのである。

いつもより心が軽い一日。ショウキの言う通り事の次第を全て把握しているトラは上機嫌で帰宅した。

「今日は瑠奈にお土産があるよ」

「お土産？」

着物の袖口《そでぐち》から出されたのは透明なラッピング袋。中には可愛くアイシングされたクッキーが入っている。形は四つのハートが身を寄せ合ったクローバー。緑色のアイシングで土台塗りされ縁取りは白色で飾られている。ラッピングの隙間から漂うのは甘い香り。

「瑠奈が喜びそうだなと思って」

「嬉しい！　いただいちゃっていいの？」

「もちろん。瑠奈のおかげで笑顔になった住人がいるからね」

「トラには全部筒抜けなのね。なんか悔しい」

「当然だ。神様なのだから。みくびられては困る」

そっと手渡されたクッキーを見つめながら瑠奈はその数を数える。ひとつ、ふたつ、それはすぐに数え終わり瑠奈は困ったように首を傾げた。

「どうした？」

「皆で分けるにはどうしたらいいかなって」

「優しいな。だが、それは俺が瑠奈のために買ってきたものだから。瑠奈一人で食べてほしい」

「じゃあお言葉に甘えるね。ありがとう」

「こちらこそ、ありがとう。ようやくマオ達が新しい世界を見られるようになった」

過去に浸り続けることが悪いわけではない。踏み出せないでいた一歩で変わる世界があるのだとトラは続けた。

「私に羽があったら、マオの気持ちをもっと理解してあげられたかもしれない」

「俺には見えるよ。瑠奈の背中にある立派な羽が」

背中を指差され自分の目で確かめるけれど、お世辞にも羽といえるものはない。もしかしたら肩甲骨のことかも。必死にトラの好意を受け止めようとする瑠奈の優しさにトラは思わず吹き出してしまう。

「瑠奈は本当に純粋だな」

「神様に嘘つかれた」

「嘘ではないよ。その羽は瑠奈の意思で羽ばたくというよりも、瑠奈を必要とする者の所へ行く時だけ羽ばたくのかもしれないね」

あの神社で願い続けたのも虎桜館の管理人になったのも、見えない羽が導いたから。そんな愛らしい発想を伝えられて瑠奈の心はくすぐったくなる。

「虎桜館には瑠奈を必要としている者がいる。一筋縄ではいかない者もいるけど、見捨てないでやってほしい」

その言葉に瑠奈は強く頷いた。見えない羽が救いを求める誰かの下へ導いてくれたのなら、今はここが着地点。

「トラが大切にしている皆を私にも守らせてほしい」

「もちろん。心の痛みを知っている瑠奈だから任せられるんだよ」

信頼の厚さが瑠奈の胸を熱くする。他人と距離を置くようになってから自信を持てなくなり、自分がいなくても世界は回ると大袈裟《おおげさ》に考えて生きてきた。憧《あこが》れだったコンシェルジュに就いても、パワハラにより夢を崩され苦痛な毎日。その毎日を払拭《ふっしょく》できるだけのやりがいがこの虎桜館にはある。

「トラが安心して願いを探しに行けるようにもっと頑張るね」

「もう十分頑張っているから、瑠奈は今のままでいい」

「トラは褒めるのが上手ね」

「瑠奈のことならあと百は褒められるけど、どうする？」

「ふふ、たまに褒めてもらえるのが嬉しいな？」

「その願い、聞き受けた」

駆け出しの管理人業はようやく板につき始めたのかもしれない。

癒える心と不吉な予感

「ごほっ、ごほっ」

「トラ大丈夫？」

「大丈夫だよ」

最近のトラは夕食を終えて仕事に出掛けることも多い。そのせいなのか体調が優れないようで、こうして咳《せき》をすることが増えてきた。

「やっぱりお願いが少ないから？」

「それもあるけど、季節の変わり目というのもあるかな」

季節の変わり目というには中途半端すぎる六月。雨が降ることも多く湿気が肌にまとわりつく嫌な季節になった。

「人間がこのアパートに長居してるからじゃない？」

トラと瑠奈《るな》の会話に水を差すのはエレミィ。本来ならば苛立《いらだ》ちを覚えるところだ。トラの体調が優れないことを考えると納得してしまう瑠奈がいる。以前、人間が願わなくなったせいでトラも体調を崩すことが増えたとマオが言っていた。ここまで人間に関わることも今までなかったろうし、全ての元凶は自分なのかもしれないと瑠奈は唇を固く結ぶ。

「いつまで目くじら立ててんだよ、エレミィは」

「ふんっ。ショウキも人間の女なんかにデレデレしちゃってバカみたい」

「デレデレなんてしてねぇよ！」

「してますー」

まるで恋人の痴話喧嘩《ちわげんか》。このやり取りに瑠奈も頭を痛める。あれから他のあやかし達との距離は縮まっていない。離れのあやかしとも会えていないし、掃除や書類整理に切れた電球交換等の管理人業務をそつなくこなしているだけ。

「騒ぐな。トラ様の頭に響くだろ」

ナギトの一言で黙るエレミィとショウキは懲りずに視線のみで争いをしている。それにしてもトラの顔色は昨日よりも悪い気がしてならない。食事を完食するまでにも時間を要しているから体調が悪いのは確かである。

「トラ、本当に大丈夫？」

「瑠奈が俺の布団で一緒に寝てくれたら、すぐに良くなるかもしれないな」

「何を言って」

「そろそろ花嫁修業をしてもいいと思うが？」

体調が悪いというくせにこういう悪知恵は働くらしい。弱みに付け込んで誘いに乗らせようという魂胆が見え見えだ。

「心配を掛けてすまない。今日は一足先に部屋へ戻るよ。バァバ、離れの食器だけ下げてもらうよう頼む」

弱々しく言うと、まだおかずの残っている皿に敬意を込めて両手を合わせ黙禱《もくとう》。そして、料理を作ったバァバにも感謝の言葉を伝える。食べ残しは明日の朝食べるからと冷蔵庫にしまい部屋へと戻っていった。

「トラ様、大丈夫かな？」

「最近元気ないから心配」

「食欲もないみたいだしね」

チビ達が珍しく真面目な面持ちで心配をしている。トラはほとんど弱みを見せないから少しの変化でも重く感じてしまうのだ。

「あんた達が暗い顔してたら良くなるものもならないよ」

食べ終わったら部屋に戻って休みな、とバァバは鼻息を荒くする。説得力のある言葉に皆は残りの料理を頬張った。シンクに積み上げられていく食器。今日の皿洗い当番はクレハだ。前回断られた経緯もあり瑠奈は声を掛けることを躊躇《ためら》っていた。テーブルはバァバが拭《ふ》いているし仕事を見つけられない。何とかクレハと会話をしたいけれど。

「そこにいたら邪魔よ」

「あの、クレハさん」

「なに？」

「い、いえ」

意気地なし、と瑠奈は心で叱咤《しった》した。言いたいことを言えず悶々《もんもん》とする瑠奈を見ていたクレハは、捲《まく》し上げた着物の袖口《そでぐち》を元に戻していく。呆《あき》れたようにため息を漏らした後、わざとらしい口調で言う。

「貴女《あなた》、暇そうね」

「ごめんなさい」

「ま、あの子ども達が懐いてるんだから少しは使えそうね」

「え？」

「読み途中の本があって時間が惜しいのよね」

クレハが窺《うかが》うようにして瑠奈を一瞥《いちべつ》。それを見て察した瑠奈は瞳《ひとみ》を輝かせるのだ。

「でしたら私が皿洗いをしてもいいですか！」

クレハは返答することなく食堂を出ていってしまった。少しだけ見直してくれたのだろうか。感極まった瑠奈は目元を袖口で拭《ぬぐ》うと皿洗いに勤《いそ》しんでいく。蟠《わだかま》りを解こうと急ぐのは良くない。理解していても、ひとつ認められたら次もと欲求が出てきてしまう。こういう時こそ冷静に。心を落ち着かせるように深呼吸をして視線を上げると、テーブルを拭くバァバの姿が映った。沈黙を続けるのも苦で瑠奈は言葉を紡ぐ。

「バァバさん」

「バァバでいい。なんだい？」

「気になってたんですけど、食材ってどうやって買い出しされてるんですか？」

「泥棒なんてしちゃいないよ」

「いえ、そういう意味ではなくて」

「前の管理人がお裾《すそ》分《わ》けしてくれてんだ」

このアパートへ来て初めて前の管理人についての情報が飛び込んできた。虎《こ》桜《おう》館《かん》には秘密が多い。こうして過去に触れられる機会は貴重だ。

「妊娠されてるんですよね？　出産はもうすぐですか？」

「あんたに関係ないだろ。それに、皆も心から妊娠を祝ってるわけじゃないよ」

淡々と話すバァバは複雑な表情でそれを言った。どうやらあまり触れてほしくないようだ。

「私、してあげたいと思うばかりで……。トラの迷惑になってるかもしれません」

「なんだい急に」

「私が空気を乱しているというか」

「認めたくないが、あんたの行いで変わったヤツもいる。まあもしかすると、トラ様の花嫁になれるかもしれないね。もしかするとだけど」

以前よりもバァバの当たりが柔らかくなった気がする。気のせいかもしれないけれど。

「その花嫁というのも、私に寂しい思いをさせないようにというトラの気遣いだと思います」

「確かにトラ様には十何年か前から捜している女性がいるらしい」

突然の暴露話に瑠奈は目を見開き鈍い痛みを心に走らせる。その様子を見てバァバは首を傾げた。

「トラ様から何も聞いてないのかい？」

聞くも何もいつも話を逸《そ》らされてばかりだから聞けないというのが本音だ。捜している女性がいるならどっちにしろ花嫁にする気はなかったということになる。

「何も聞いてないです。一番近くにいるようでトラが一番遠くに思えます」

「あんた、トラ様に惹《ひ》かれてんだろ？」

ババの言葉に瑠奈は目を丸くするけれど、そのまま言葉が出ないままだった。

◇◇◇

「瑠奈、朝だよ」

「……トラ！」

いつもと変わらない朝。不法侵入のトラに起こされ、反射的に抱きつく瑠奈の身体は僅《わず》かに震えている。昨日はトラの様子がおかしかったから会えた安堵《あんど》感で思わず抱きついてしまった。

「朝から積極的だね」

「体調はどう？」

「大丈夫だよ」

ここでの管理人業が一筋縄でいかないのは分かるけれど、どうしても力になりたいという思いが渦巻いている。その気持ちが今の瑠奈を苦しめていた。気づけばチビ達とも距離が縮まり、大切な人の枠組みに皆《みんな》が入ろうとしてきていることが怖い。それなのにもっと仲を深めたい、たくさんのことを共有したいという欲求が心で燻《くすぶ》っている。

「いつか私もここに立ち入ることができなくなるのかな」

「急にどうした？」

「煩悩が少ないのは私のいいところだったのに、皆といると我儘《わがまま》になっていく気がして」

皆の過去を知れば知るほど何かをしてあげたいと願ってしまう。それも全部自分のエゴに過ぎないのに。

「最初に言ったはずだよ。瑠奈はもっと我儘になってもいいとね」

「でも……」

「着替えたら一緒に食堂へ行こう。皆が待ってる」

トラとの縮まらない距離。聞きたいことは山ほどあるのに突き放されるのが怖くて全て蓋《ふた》をする。これがいつもの流れ。あやかしに深入りするために管理人業を引き受けたわけではないのだから、と言い聞かせるしかない。

食事中も上の空で、バァバの手料理を堪能《たんのう》できないまま完食。いつものように皆と声を揃えて「ごちそうさま」を言った。今日は瑠奈が皿洗いを任されている日だったけれど、肝心の瑠奈は心ここにあらず。

「今日の洗い物は僕がするね！」

瑠奈を心配したのかイロハの耳がピンと立つと、負けずに小さな手が二つ上がった。

「俺もやる」とマオとルキが声を重ねて言うのだ。その言葉を受けてトラが優しい声色で褒める。

「三人が優しく育ってくれて俺も嬉《うれ》しいよ。そうだ、イロハ」

「なーに、トラ様?」

「庭園で追いかけっこをしようって約束。この間は雨が降ってしまってできなかったから、洗い物が終わったらしようか」

「やったぁ!」

そういえばマオと庭園で話したあの日、雨が降っていた。あれからイロハはそのことに触れていなかったけれど、心ではトラと遊びたい気持ちがあったと思う。トラの約束を守ろうとする姿勢にも感銘を受ける。

「ブランコに乗って誰が一番遠くに靴を飛ばせるかってゲームも瑠奈姉ちゃんに教えてもらったよ!」

「ほう、それも楽しそうだね」

「でも、トラ様お仕事は大丈夫?」

「病み上がりは静かにしておくよ。今日はずっと一緒だ」

言葉の直後、瑠奈に視線を送ったのは瑠奈のためでもあるということ。様子のおかしい瑠奈を一人にさせるのが不安だったのだろう。その視線の意味を理解して頬を赤らめると瑠奈は俯《うつむ》いた。

皿洗いはマオ・イロハ・ルキが順番にすることになり、今日はそれを見守るのが瑠奈の仕事となった。

「お皿割れたら怪我しちゃうし気をつけてね？」

「瑠奈姉ちゃんみたいにバカじゃないっつーの」

「はいはい」

子どもの成長を微笑ましく見守る親もこんな感じなのだろうか。トラも後ろで小さく笑っている。

「瑠奈が三人と仲良くなれるとは思ってたけど、ここまで慕われるとは思ってなかったよ」

「それ褒めてる？」

「もちろん。さすが俺の嫁なだけある」

ふわりと頭に大きな手を乗せて愛《いと》おしそうに見つめてくるトラの眼差《まなざ》し。それに嬉しさを覚えるようになった。この感情も煩悩にプラスされていくのだとしたら、抱いてはいけないものなのかもしれない。

「瑠奈姉ちゃん聞いてる？」

「トラ様とイチャイチャするのは構わないけど、そういうのは夜やってよね」

「ほう、では今日の夜は瑠奈とイチャイチャ……」

「しません！」

どさくさに紛れて肩を抱いてくるトラは高らかに笑っている。チビ達も余計なことを吹きかけるし瑠奈のため息は深くなるばかり。

皿洗いを終え向かった庭園には朝陽が差し込み暖かみを増している。梅雨にしては珍しくお天気だ。トラ達が庭園の端から端まで追いかけっこをする姿を瑠奈はブランコに座りながら見つめている。

「今度は滑り台でも作ってみようかな」

この庭園を公園みたいにしたら活気づくだろうか。このアパートへ戻れなくなる前にできる限りのことをしたい。そんなことを考えていると影が重なった。

「何を考えているのかな？」

「っ、びっくりした！」

「驚いた顔も可愛いね」

「もう！」

チビ達はまだ庭園で追いかけっこを続けているけれど、トラは休憩に入ったようだ。着物姿で追いかけっこをしていたわりに着崩れしていない。

「元気がないね」

「トラがあまり話してくれないから」

「おや、なら夜はイチャイチャ」

「しません」

「冗談だよ」

頬を膨らませる瑠奈を見てトラは微笑んだ。そのまま金帯に手をかけて言葉を続ける。

「瑠奈が知りたいことは教えてあげるよ。何が知りたい？」

「石を積み上げられなくなったら、皆のことを忘れちゃうのかな？」

「これまでに培ってきたものを捨てるというのは、そう簡単にはできないものでね」

ショウキが言っていた。人間との楽しい記憶まで消すのは間違っていると思う、と。故意に記憶を消せないというのはそういうことだろう。

「ここの住人が人間を嫌い続けているのも、人間との楽しい記憶を忘れられないからなんだよ」

「そんなようなことをショウキも言ってた」

「本当は皆あの頃に戻りたいんだ。そのためには瑠奈が必要でね」

「うん？」

「つまり、俺達が瑠奈を必要としている限り瑠奈が俺達を忘れることはない、と言えば納得してもらえるか？」

いつも嬉しくなるような一言を添えてくれるのは神様だからだろうか。それともトラだから……。

「もうひとつ聞きたいことがあるのだろう？」

「心を読んでたら怒るよ」

「それは大歓迎。もっと深いところまで読んでやってもいいけど、どうする？」

罰を待つ変わり者の神様は瞳《ひとみ》を輝かせて瑠奈の返答を待つ。見兼ねた瑠奈は小さな声で言うのだ。

「今だけは見逃してあげる」

「素直だね。それで、聞きたいことは？」

「トラがずっと捜してる女性のこと」

これが嫉妬《しっと》という感情なら恐らくそうなのだと思う。トラに大切にされ過ぎているから、何となく独占欲というものも出てきてしまっている。

「バァバは口が軽いけど、瑠奈は堅いから教えてやろうかな」

「上からだね」

「神様だからね」

「はいはい」

膨れっ面をする瑠奈を愛おしく見つめながらトラは言葉を紡ぐ。

「もう古い記憶だが、一人でいた俺に声を掛けてくれた女の子がいてね」

まだマオ達くらいの見た目をした女の子は、境内へ続く階段に座っていたトラに声を掛けたそうだ。当時トラは子どもの姿に化けていて迷子になったと勘違いをされたらしい。

「家はここだよ、と言えば酷《ひど》く悲しい顔をされたよ」

「神社の噂はずっと続いてるんだね」

「俺はここから遠くに行くことはできないんだと言ったら、近所の公園まで無理やり連れて行かれて」

初対面の男の子を強引に連れていく女の子は強者《つわもの》で、それならば一緒に遊ぼうと言ってきたのだそうだ。ブランコでは押す係、鉄棒では補佐役、遊ぼうというよりも世話係だったかなとトラは苦笑する。瑠奈自身も似たようなことを友人にさせていたため、申し訳なさそうに笑みを溢《こぼ》した。

「行きたい場所はあるかと尋ねられたけど、俺の答えを聞く前に彼女が行きたい場所を言い始めてね」

「トラの話を聞かないって強いね」

「俺も驚いたよ。木の枝で地面に線路を書き始めて何て言ったと思う？」

「何て言ったの？」

「道がなければ作ればいいんだよって。女の子は線路の先に海の絵を書いたんだ」

祠《ほこら》の所で同じような言葉をトラも言っていた。それは女の子の受け売りだったらしい。祠の脇に線路が描かれるのも全てそこから来ているのだろう。女の子はまだ海を自分の目で見たことがなくて行ってみたいのだと嬉しそうに話したのだと言う。

「こうしたらいつでも好きな所に行けるって。素敵な考え方をする子だなと思ったよ」

「可愛いね。海かぁ……私も一回しか行ってないな」

一度だけ。親戚《しんせき》の家に引っ越す時に連れて行ってもらった。雲ひとつない快晴で景色を邪魔するものなんて何もなかったのに、海は墨汁を撒《ま》いたように真っ黒。思い描いていた海とはかけ離れていた記憶がある。それが瑠奈にとって最初で最後の海。

「海はとても綺麗《きれい》な所だよ。良ければ今度一緒に行こうか」

「それってデートのお誘い？」

「今もデートだと俺は思っているよ」

さらりと肯定してくるトラの心理状態には頭を抱える。トラの清々《すがすが》しい笑顔がおかしくて瑠奈は小さく笑った。

「当時は俺も気を病んでいてね。もう人間に願われることはないと諦《あきら》めていたから、参拝者を集客するという発想がなかったんだ」

トラにとって人間の願いを叶《かな》えることは仕事の一環だったけれど、自分を求めて願いを届けに来てくれることが嬉しかったのだと言う。事件があってからは賑《にぎ》わいを見せていた神社も閑散としてしまった。疎外感を覚え喪に服すような気持ちでいたのかもしれない。

「恥を承知で女の子に聞いてみたんだ。もしも、好き合ってた人に嫌われてしまったらどうするって。瑠奈なら何て言う？」

「んー、今の私ならまた好きになってもらうように頑張るかな」

すると、トラは目を見開いた後とても穏やかな表情をしてみせた。安堵《あんど》にも取れる表情に瑠奈は首を傾げる。どうやら女の子も同じことを言ったらしい。それを受け、線路で繋《つな》がる世界に虎桜館を建てた。住人達が安らげるように、と。まずはあやかし達の人間嫌いを直そうとしていたのだとトラは続けた。

「トラにとって命の恩人なんだね」

「だが、その女の子にも会えなくなってしまってね」

「どうして？」

「遠くへ行かなきゃならない理由ができたそうだよ」

「その女の子に片想いしてたの？」

「どうかな。最後に見た顔はとても辛《つら》そうだったから、いつかあの子が神社へ来たら笑顔にしてやろうってずっと思っていてね」

神様の恋心というやつだろうか。女の子を想いながら言葉を紡ぐトラの表情はとても穏やかだ。トラの中にいる女の子と自分の中にいる男の子が同じ人物であればいいのに、と思ってしまうほど瑠奈の心はトラへ傾き始めていた。

「その女の子はトラに想われて幸せだね」

「嫉妬かな？」

「……うん」

それは素直な心だった。トラは十何年か前に出逢《であ》った女の子のことを今でも大切に想っている。女の子の面影を重ねているから優しくしてくれるのかもしれない。そう思うと複雑な気持ちになった。

すると、トラは瑠奈に背を向けて口を閉ざす。余計な気持ちを伝えてしまい困らせてしまったのかも。反省していると、小さな足音がパタパタと近づいてきた。

「あれ、トラ様の顔真っ赤！」

「もしかして熱？」

「ごめんなさい、僕が追いかけっこお願いしちゃったから」

チビ達が心配した面持ちでトラの顔を見つめている。まさか体調が悪化してしまったのではないだろうか。不安でたまらない瑠奈は慌ててトラの袖口《そでぐち》を摑《つか》む。

「トラ大丈夫？」

「はぁ。大丈夫ではない」

「やっぱり。部屋に戻って寝ないと」

「まったく。瑠奈に嫉妬してもらえる日が来るとは思わなかったよ」

トラは着物の袖口で赤くなった頬を隠しながら振り向いた。それが移ったように瑠奈の頬も赤くなる。

「私は花嫁見習いという名の管理人代行だし気にしないで」

「俺が愛しているのは瑠奈だけだよ」

「いやいや女の子の話の件《くだり》が」

「今の瑠奈を愛している」

埒《らち》の明かない会話にチビ達は心配を通り越して呆《あき》れ始めた。トラの体調が悪化したわけではないと思ったマオは口を尖《とが》らせるのである。

「瑠奈姉ちゃん、イチャイチャするなら部屋行けよ」

「イチャイチャしてません」

「これからイチャイチャするのか」

「こらー!」

始まる追いかけっこ。人間とあやかしのじゃれあいはアパートの壁に反響して庭園が賑やかになる。ひとしきり遊んだチビ達は疲れたのか朝寝に入り、トラにも身体を休めてもらうため半ば強引に寝かしつけた。瑠奈に手を握ってもらえたら寝られるかもしれない、と言いながら秒で寝たところを見ると相当疲れが溜《た》まっていたようだ。特にやることのなくなった瑠奈は気晴らしに源《げん》の下へ向かうことにした。

「元気がありませんね」

「ちょっと悩み事が」

祠の横に転がる石を見つめながら瑠奈はため息を漏らした。管理人として住人の心を支えなければならないのに、今の瑠奈はネガティブだ。

「もし私が石を積み上げられなくても源さんは姿を見せてくれますか？」

その言葉に源は首を左右に振る。そして、申し訳なさそうに口を開いた。

「私の仕事は石を積み上げた者の前に現れること。それをできない者に私が姿を見せることは禁忌なのです」

「そう、ですよね」

「残念ですが、突然の別れというのは誰にでも起こりうるものなのです」

とても寂しそうに遠くを見つめる源は深いため息を吐いた。まるで突然の別れを経験してきたかのように瞳《ひとみ》を揺らし始める。

「源さん？」

「いや実はね、私がここで門番をしているのはずっと昔にこの縄張りを治めていたからでして」

「そうだったんですね」

「はい。野良猫のわりに毛並みも綺麗でしたから人間達にも可愛がられました」

唯一仲の良かった人間は中学生くらいの男の子。給食で余ったパンなどを夕方差し入れてくれたそうだ。具合が悪く餌を取りに行けない時は、わざわざ病状に合ったキャットフードを買ってくれたりもしたらしい。

「いつも帰り際に〝またね〟と言ってくれる人間でした」

「好きでもあり嫌いでもある言葉、でしたっけ？」

「はい」

一度困ったように眉尻《まゆじり》を下げると源は俯《うつむ》いて爪先に視線を落とす。それから物思いに耽《ふけ》るように瞼《まぶた》をそっと閉じた。その瞼は僅《わず》かに震えている。そして、心の内に留《とど》めている思いを吐き出すように息を吐き瞼を開けるのだ。

「いつの間にか、彼と会うことが私の一部になっていたのです。いつも姿を見せるであろう時間に、わざとふて寝をして待っていたり」

待つことを楽しむ自分がいたのだと源は続ける。それもそう長くは続かず、ある日を境にその人間は姿を現さなくなった。最初は雨続きで外出が億劫《おっくう》なのだろうと思っていたけれど、雨が上がり傘のいらない日が続いても人間は姿を見せない。気づけば天候以外の理由を探し、病気を患い床に臥《ふ》しているのではと心配で何度も境内を往復していたらしい。

「飼い猫でもないのに人間を心配するなど、おかしいと思いますか？」

「いいえ。源さんにとって家族のように温かい人だったんですよね」

「お恥ずかしながら。私にとって、初めて時間を共有したいと思った人間でした」

それを言う源の表情は穏やかなように見えて、瞳の奥はさざ波のように揺れている。

「会えないことがこんなにも辛いものだと思いませんでしたが、薄々気づいてはいたのです」

自責の念に駆られたように源は歯を食い縛る。嗅覚《きゅうかく》の鋭い源は人間の匂いを覚えていた。その匂いも会えなくなった日を境に途絶え、一抹の不安が源の胸を掠《かす》める。一緒に過ごした日々は確かに記憶に残っているのに、匂いがしない。会えない、声が聞こえない。たどり着いた結論はひとつ。

「彼が、もう……この世にいないのだということを」

いつも威勢を張っていたはずの源は声を震わせながら言う。それに感化されて瑠奈の視界も歪《ゆが》んでくる。

「最後に別れたあの日。〝またね〟という言葉がいつもより弱々しかったんです」

「そう、だったんですね」

「そんなわけはない。彼は、またキャットフードを持って会いに来てくれる。そう言い聞かせる私の耳に届いたのは、残酷なものでした」

神社に訪れた素行の悪そうな男子グループ。笑い話にしていたのは、間違いなく源が捜し求めていた人間のことだった。

「彼は私のことを気に掛けてくれていたのに、私は気づいてやれませんでした。あの時、私が追いかけていれば彼は死ぬことを諦めてくれたかもしれませんね」

よく考えれば瞼が青黒くなっていることもあったし、神社で人の目を気にしている素振りもあった。猫は気楽でいいな、と言いながら苦しそうに笑みを溢《こぼ》していた記憶もしっかりと残っている。源は消え入りそうな声でそう言った。

「どうして自殺なんか」

「いじめと聞きました。人間同士でも殺し合いはあるのですね」

殺し合いと言えば怖いけれど、なぜかその言葉がしっくりくる。自分より弱い者を標的にし、一人ではできないくせに群れを成すことで威力を発揮する人間の悪い癖だ。そのせいで今も孤独に耐えている人がいる。現に瑠奈もされる側だったため酷《ひど》く胸を痛めた。

それと同時に、大切に思っていた者を失い絶望に打ちひしがれる気持ちも痛いほど理解できる。最愛の両親を亡くした瑠奈の喪失感は埋められないけれど、温かな思い出は色褪《いろあ》せない。お風呂《ふろ》で数字を十まで数えたこと。大好きと言い合い眠りについたこと。他人が聞いても関心を示さないような些細《ささい》な出来事は当事者にとっては宝物。

瑠奈の両親が事故に遭う朝「今日は瑠奈が大喜びするケーキを買って帰るから、いい子で待っていてね」と笑顔で別れたあの思い出も決して消えることはない。あの時、ケーキなんていらないと両親を引き止めていれば……。源と同じ後悔をしている瑠奈だからこそ、共感する部分が多くある。

「それからです。私が人間にいじめられるようになったのは」

「どうして源さんが？　何もしてないのに」

「ええ、何もしておりません。自殺した彼を追い込んだ集団が良く思っていなかったのでしょうね」

「そんな……」

「動物虐待なんて言葉を最近よく耳にしますが、人間は残虐です」

「残虐？」

「耳を切り落として爪を剝《は》がされて」

「もうそれ以上は！」

瑠奈は思わず源の口元を両手で覆った。指先が震えているのは源にそうした人間への怒りから。無抵抗の者に群がり無意味な制裁を下すことは許されない。それでも見えない場所でそのようなことが繰り返されているから憎しみは連鎖してしまう。

「だから〝またね〟という言葉を聞くと複雑になるのです」

源は口元にある瑠奈の手をそっと離す。帰り際の挨拶《あいさつ》が「またね」だったことにより複雑な心を抱えていた。明日会えるという楽しみと、もう二度と会えない悲しみ。源にしか分からない悲しみが今も心に渦巻いている。

「彼は心が優しくて雨の日は傘を置いてくれました。瑠奈さんは、優しい人が苦しむ世界に幸せがあると思いますか？」

「思わないです」

「そうでしょう。だから人間は我らの敵なのです。我らは、化け物に見えても心はとても繊細で脆《もろ》いのです」

転がっている石をいじりながら源は言葉を続ける。

「トラ様がおっしゃっていましたよ」

「なんて？」

「瑠奈さんはあやかしの心を引き出すのがお上手だと。瑠奈さんのおかげで虎桜館に笑顔が増えたと」

どちらかと言えばトラは話題を逸《そ》らして何も言わない人だ。源に対してそう漏らしていたことが嬉《うれ》しくて瑠奈は言葉に詰まってしまう。

「トラ様は瑠奈さんが我儘《わがまま》になることを望んでおります」

「そうしたらもう石を積み上げられなくなる。私じゃ力不足ってこと……なのかな」

肩を落としてため息を吐いた。アパートでは自由に動き回り過ぎているという自覚がある。トラの頭を悩ませているのかもしれないと思う瑠奈に源は優しく言葉を掛けるのだ。

「いいえ。トラ様がお望みになっているのは、あやかしと人間の共生にございます」

「共生？」

「瑠奈さんは少々人間味に欠けますので、人間にお近づきになってもなお虎桜館へ立ち入れる人間であると信じておられます」

「私、そんなに期待されるほどできた人間じゃないです」

「いいえ。瑠奈さんはトラ様がずっと探されていた花嫁ですので、そこは自信を持ちましょう」

源に励まされ気づけば朝寝を終える時間に。慌てて源と別れを済ませ虎桜館に戻ると、線路を抜けた先にトラが背を向けて立っていた。

「トラ？」

「お帰り、瑠奈」

「いつからここに？」

「少し前だよ。起きたら瑠奈がいなくなっていたから心配で迎えに」

「源さんとお喋《しゃべ》りしてたの。心配掛けてごめんね」

いつものトラであれば得意の見守りで行動を把握しているはず。それが今のトラは酷く不安な表情をしている。その力も弱ってきているのかもしれない。漠然とそう思った。

「本当に大丈夫？」

「瑠奈こそ顔色が優れないな」

「わ、私は大丈夫！」

「瑠奈が倒れたらそれこそ俺は立ち直れない。何かあれば俺に言うんだよ？」

「ありがとう」

けれど気持ちは晴れず、珍しく夕食も食べきれないまま箸《はし》を置いた。寝不足続きでマイナスなことばかりを考えているだけ。そう言い聞かせながら早めに布団へ入り身体を休めることにした。

その夜、眠りについたはいいものの、リアルな夢を見ながら繰り返しうなされていた。

親戚《しんせき》の家で孤独に耐えながら膝《ひざ》を抱える瑠奈。明日はきっと幸せだと唱えながら布団に潜り込み、天井を眺めて羊を数える。冷たい布団の中、一人でそれをするのが日課だった瑠奈の隣にはなぜかトラがいるのだ。羊を数え始め眠るまでの間トラが手を握り続け、目覚めると再び孤独に耐えるシーンへと戻る。繰り返されるこれが夢だと思ったのは、忌まわしい過去に必ずトラの姿があったから。夢の中なのにトラの手はとても温かく孤独を和らげてくれていた。

同じシーンを繰り返しそろそろ疲弊してきた頃、ようやく瑠奈の身体は金縛りが解けたように身軽になる。

「大丈夫か瑠奈？」

酸素を求めるように勢いよく目覚めると、そこには心配そうな面持ちで瑠奈の顔を覗《のぞ》き込むトラの姿がある。震える手はトラの大きな手に包み込まれ、瑠奈は夢現《ゆめうつつ》の状態で弱々しく言葉を紡いだ。

「嫌な夢を見ていたの」

「そうか」

「でも、夢の中でトラがずっと傍にいてくれてね。こうして手を……って、また勝手に入ったの？」

「瑠奈の様子がおかしかったのでね。手を握ってあげたら瑠奈も握り返してくれた」

「もう。でも、ありがとう」

このアパートの管理人を続けるのはあやかし達のためでもある。それ以上にトラのために何かをしたいという思いが強い。

「最近トラも体調を崩してるから心配」

「大丈夫だよ、少しずつだけど願いを叶《かな》えて保てているからね」

「それだとトラの負担が大きくなっちゃうよ」

「なら、花嫁見習いを終えて花嫁になるか？」

トラの冗談と同じタイミングで頭痛がして眉《まゆ》をしかめる。

「さあもう寝なさい。朝まで傍にいてあげるから安心するといい」

「ほんとに何もしない？」

「大丈夫、キスのひとつやふたつするだけだから」

「ば、ばか！」

「冗談だよ。瑠奈が寂しくないように眠るまでいてあげるから」

大きな手掌が目元を覆い瑠奈の瞼《まぶた》は故意に閉じられた。うなされていたせいか息苦しさもある。それを察してか、トラが前髪をそっと撫《な》でてくれて自然とラクになっていく。

「トラがずっと捜してる女性には勝てないかもしれないけど」

「うん？」

「いつか私がトラを色んな所へ連れて行くね」

「ほう、それは楽しみだな」

それだけ言うと瑠奈は静かに夢の中へと旅立っていく。全身が弛緩《しかん》する瞬間「たとえ会えなくなったとしても、今までもこれからも瑠奈だけを愛しているよ」という甘い囁《ささや》きが聞こえたような気がした。

未熟者の私ですが、
よろしくお願いします

翌朝、目を覚ますと部屋にトラの姿はなかった。昨晩のことが嘘のように重たかった身体も軽くなっている。少しだけ心が寂しいのは、目覚めてすぐにトラに会えなかったからかもしれない。

すると、扉の向こうから話し声が聞こえてきた。幼い子どもの声が三人分と愛《いと》しのトラの声。急いで準備を済ませ扉を開けると瑠奈《るな》に視線が集まった。

「瑠奈姉ちゃん大丈夫⁉」

パタパタと駆け寄り瑠奈に抱きついたのはチビ達だ。

「大丈夫だよ、心配掛けてごめんね」

ぎゅっと抱きついてくるチビ達の頭を優しく撫でながら込み上げる思い。ここへ来た時のことを考えると今の幸せが特別に思えた。誰かに気遣ってもらえる嬉《うれ》しさを噛《か》みしめる。

「元気になってよかった、瑠奈」

「トラもありがとう」

「礼ならキスを」

「しません」

「つれないね」

瑠奈に抱きついたままのチビ達を見てトラは続けて怪訝《けげん》そうに言う。

「皆忘れてないとは思うけど、瑠奈は俺の嫁だ」

チビ達から瑠奈だけを引き抜くとその腕に収める。今日はやけに積極的なトラ。瑠奈も困惑の表情を一瞬見せたけれど、それはすぐに不安の表情へと変わる。明らかにトラの様子がおかしい。名前を呼ぼうとした瑠奈の唇にトラの指先が触れた。静かにするよう言葉を封じ込まれた瑠奈は動揺を隠せない。

「すまないが部屋に忘れ物をしたから瑠奈と取りに戻る」

「トラ様が忘れ物なんて珍しいですね」

「すぐに戻るから先に食堂へ行っててくれるかな？」

言い付け通り食堂へと向かっていくチビ達の背中を見送りながら、瑠奈は心配そうにトラを見つめた。

「熱があるの？」

「少しだけ」

「嘘。いつもより熱い」

トラの額に手を伸ばす瑠奈。いつもトラに触れられているから体温が高いことはすぐに分かった。

「最近帰りも遅いみたいだし無理してない？」

「俺の帰る時間を知っているなら夜這《よば》いをしておくべきだったな」

「もう！　こんな時に冗談言わないで」

「怒った顔も可愛いね」

冗談混じりで言っているようだけれど、トラの身体は結構熱い。体感でこれだけ熱いのだから実際に体温計を使ったら高熱を叩《たた》き出すと思う。

「やっぱり参拝者を呼び戻さないと」

「いいんだよ、俺は皆と願いを共有しているこの時間も好きだしね」

「でも、このままだとトラが倒れちゃう」

神社のない地域の願いを叶えるといっても、そういう地域はもともと人や動物も少ないから叶えられる数も知れている。トラにとって願いは命と同等。圧倒的に願いの数が少ないために恐らく不調が続いているのかもしれない。分かっていたはずなのに、なぜそれだけで事足りると思っていたのだろう。

「瑠奈にとっても俺が必要か？」

「う、うん」

「その必要は雇い主として？　それとも瑠奈の大切な人として？」

熱を帯びるトラの手が瑠奈の頬を滑る。その手にそっと重ねられた小さな手もまた熱を帯びていた。

「大切な人として……って言ったら怒る？」

「まさか。嬉しいよ」

トラの表情はやはり優れない。いつもより肌の色も白い気がする。

「トラが倒れたら皆悲しむから無理しないでね」

「瑠奈は悲しんでくれるのか？」

窺《うかが》うようにして下から顔を覗《のぞ》き込まれ瑠奈は頬を赤らめる。以前までは何をされても取り乱さずにいられた。それが今ではその瞳《ひとみ》に自分だけを収めてほしいという感情がある。

「悲しむよ、誰よりも」

「では、少しだけ肩を借りようかな」

力なく言うと瑠奈の肩にトラの頭が乗せられた。そこから伝わってくる体温は高い。

「すまない。少しだけだるくてね」

「ご飯は食べられそう？」

「食事だけは皆で摂《と》りたいからね。無理してでも行くよ」

トラは朝晩の食事を一人で食べることはしない。どんなに忙しくてもそれは怠らないから食事へのこだわりは強いのだと思う。

「瑠奈、俺のことで無理をしてはいけないよ」

「ううん。トラは私を孤独から救ってくれたの。だからトラに何かあったら私……」

たった少しの期間でこれだけトラへの依存心が強まっている。もっと長く過ごしている住人達は、それ以上にトラを大切に思っているはずだから何かがあった時の悲しみは倍では済まされない。

「こんなに俺を愛してくれていたなんて、これは早急に結納の準備をしなくては」

「冗談言えるなら大丈夫そうだね」

「つれないね」

ゆっくりと離れていく肩の温《ぬく》もり。次に温かい両手が瑠奈の頬を包み込んだ。

「忘れ物は瑠奈へのキスなんだけど、またおあずけだ」

瑠奈の身を案じて優しく微笑むと広い背中を向けた。見慣れているはずの背中はいつもより小さく弱々しい。足下もおぼつかないように見える。

「トラ！」

その背中が遠くへ行ってしまう気がして、瑠奈は慌てて着物の袖口《そでぐち》を引っ張った。目を見開いて振り向くトラの瞳には、不安な表情を浮かべた瑠奈が映る。

「どうした？　やはり心配事があるのか？」

これ以上弱っているトラに心配を掛けるわけにはいかない。そう頭で言い聞かせても思いが言葉となって瑠奈の唇をすり抜ける。

「ここに立ち入れなくなって、トラ達のことを忘れてしまったらどうしようって」

「この間もそんなことを言っていたな。忘れられる方はもっと辛《つら》いということを忘れてはいけないよ」

「え？」

「例をあげよう。瑠奈は椅子取りゲームを知っているか？」

その言葉に瑠奈はそっと頷《うなず》いた。人数よりひとつ少ない椅子を用意して椅子を取り合うゲーム。座れなかった人が心苦しくなるあのゲームのことだと思う。

「どんな者でも誰かの心に席を持っていてね」

それは大切な者の席。そこが空席になれば気になるもの。別の誰かがその席に座っても違和感を覚える。いずれは慣れるかもしれないけれど、大切な者と積み重ねた思い出は簡単に消せるものでもないし、上書きするものでもない。

「思い出は椅子取りゲームのように簡単に譲れないということだよ。既に俺の心には瑠奈の席があるからね」

「私の心にもトラや皆の席があるよ」

「それは嬉しいことだな。たとえ瑠奈が立ち入れなくなって心の席から離れてしまっても、俺は瑠奈を忘れたりしない。それだけは忘れないでほしい」

慰めるように頭に乗せられるトラの手は熱を帯びている。どんな時も真摯《しんし》に向き合ってくれるトラのためにネガティブな思考は控えよう。強く決意する瑠奈は寄り添うようにトラの隣へ移動し食堂へと向かった。

「では、皆揃ったことだし朝食にしようか」

トラの合図で両手を合わせ食卓に並べられた料理に敬意を払い黙禱《もくとう》をする。「いただきます」と心を込めて言うと食事は開始された。

「廊下の電球切れそうだったから替えといたよ」

「ありがとうルキ」

「俺もやればできる子だから」

「じゃあそろそろトイレも一人で行けるようになるかな」

「それとこれとは別なの！」

チビ達とは打ち解けられるようになったけれど、他の住人達とはなかなか距離が縮まらない。食事を開始して五分ほど経った頃だろうか。トラが持っていた箸《はし》を箸置きに置いた。

「今日は早めに仕事へ向かわなければならないことを忘れていた」

「え？」

「残りはお弁当箱に詰めて昼食としていただくことにするよ」

あまりにも突然のことに皆が言葉を発するタイミングを失っている。恐らく仕事というのは嘘で体調が優れないから。そう察した瑠奈が立ち上がったトラを支えようとした時。

「トラ！」

全身の力が抜けたように膝《ひざ》から崩れ落ちたトラをナギトとショウキが咄嗟《とっさ》に支える。触れてみれば先ほどよりも熱が上がっていた。

「これはまずいな」

あのナギトが深刻に言ったことで事態は深刻化してしまう。全員が取り乱す中、瑠奈だけが冷静だった。

「とりあえず部屋に運んで身体を横に。氷枕を頭の下に当てて、ガーゼにくるんだ氷嚢《ひょうのう》は脇の下に入れて熱を取っていこう」

熱冷ましをしないことにはトラの身体に負担がかかるだけだ。悲しみに暮れている場合ではない。瑠奈の指示に皆が動き、離れにあるトラの部屋へ移動することになった。

黒を基調としている部屋は暗いというよりも眩《まぶ》しい。布団やカーテンが金色で刺激が強く身体を休める場所とは言い難い。

「な、なんなのこの部屋」

「トラ様はこういう色がお好きみたい」

「いや、そういう問題じゃないような」

感性について論議している暇もなく、意識のないトラを布団で休ませると皆は騒ぎ始めた。

「大丈夫かなトラ様」

「最近外出も多かったし無理してたもんな」

「やっぱり神社以外の願いだけじゃダメなんだよ」

もうどれくらい参拝者が訪れていないのだろう。少なくとも瑠奈が生まれる以前からその噂はあった。貢ぎ物のストックも底をついていたといっていたから、相当な期間を堪え忍んでいたに違いない。

「トラに飲ませる薬はないのかな？」

「特効薬があるとしたら願いしかないんじゃないかな」

ショウキが諦《あきら》めたように言うと皆が唇を固く結んでしまう。願いの池に溜《た》まらない水。参拝者が誰一人としていない今、その特効薬は期待できない。

悲しみに暮れる皆は苦しそうに眠っているトラを見つめながら瞳を揺らし始めた。トラは皆にとっての光。それを失ってはきっと前を向いて歩けない。そう思った瑠奈は決心をして立ち上がる。

「私が何とかします！　人間の私が呼び掛けてみます」

「今さら参拝者なんて来やしないわよ。私達が願いをもっと集めてきましょう」

クレハの提案に全員が頷くけれど、瑠奈だけが反対をする。トラにとってここの住人はもう家族。その家族が無理をして身体を弱らせることになれば、トラをも悲しめることになる。瑠奈は管理人として住人の体調管理も仕事のうちだと譲らなかった。

「トラの傍にいてあげてください」

「落ち着けって瑠奈ちゃん」

「トラにとってここは安らげる場所なんです」

「それとこれとは」

「皆さんにもしものことがあったらきっと悲しみます」

まだ関わりの浅い自分であれば大丈夫だ。その過信をバァバが突く。

「あんたに何かあったらそれこそトラ様は生きていけないよ」

「大丈夫です。トラなら花嫁候補をいくらでも作れると思うので。それに、トラが元気になれば皆さんも笑顔になれますよね？」

「何を言ってるんだい」

瑠奈の心も不安定なまま。このままここを飛び出せば、もうここへ立ち入ることができないかもしれない。そんな恐怖よりもトラを元気にすることしか頭になかった。トラの笑顔は皆の笑顔。虎桜館《こおうかん》を暗くしたくない一心で瑠奈は言葉を紡ぐ。

「お願いします。ここは管理人である私に一任してください」

勢いのある言葉に言い返せる者はいなかった。瑠奈の思いは自分達のためだと知ってしまった以上、それを蔑ろ《ないがし》にできないのだろう。

「戻ってこなかったらお尻《しり》百叩《たた》きの刑にするからな！」

「うん。お願い事いっぱい集めてくるね」

温かいこの場所を守らなければならない。使命感のもと瑠奈は皆にトラを任せ、後ろ髪を引かれる思いで虎桜館を飛び出すのである。

◇　◇　◇

神社へ戻ると小雨が降っていた。南の空は明るいため恐らく通り雨。祠《ほこら》に視線を移しても源《げん》の姿はない。傍らに落ちている三つの石を一瞥《いちべつ》して瑠奈は神社の階段を下り始めた。

威勢を張ったものの行く当てなどない。家族や友人、同僚と距離を取っていたことが仇《あだ》となる。それでもどうにか神社に参拝者を呼び込めないだろうかと考えていた矢先だった。

「瑠奈ちゃん？」

境内の下で立ち尽くしているとビニール傘が差し出された。傘の柄から視線を上げていくと見覚えのある顔が映る。

「杏《あん》ちゃん？」

「久しぶりだね」

佐倉《さくら》杏は親戚《しんせき》の家に引っ越すまで一緒の小学校に通っていた同級生。亜麻色の猫っ毛を耳下でツインテールにしている杏は、昔からムードメーカーだったように記憶している。大学で再会したけれど、挨拶《あいさつ》を交わす程度で特に関わりのないまま卒業式を迎えた。

「私、折り畳みの傘あるからこの傘使って」

「ごめんね、ありがとう」

杏はビニール傘を手渡すと鞄《かばん》から紫陽花《あじさい》の描かれた折り畳み傘を取り出し広げた。互いの傘に跳ね返る雨粒はまだ小さい。

「どうしたのこんな所で？」

杏の言葉に瑠奈は目を見開く。喉《のど》から手が飛び出るほど助けを求めている今、久しぶりに会った杏に言うべきか否かと考える時間などなかった。

「あのね、この神社に参拝者を増やしたいんだけどどうすればいいかな？」

瑠奈は前傾姿勢を保ちながら言う。少し早口に言う瑠奈がおかしいことに杏も気づいた。落ち着かせるようにゆっくりとした口調で話し始める。

「ゆっくりでいいよ。私この後予定ないから」

言葉と同時に手渡されたのはポケットティッシュだった。傘を差しているのに頬が冷たく感じるのはこのせいだったらしい。自分一人ではどうにもならない無力さを目の当たりにして、瑠奈は枯れない涙を流す。

「実は助けたい人がいるんだけど、私だけじゃどうにもできないって気づいちゃって」

交遊関係もない瑠奈には神社へ参拝者を呼び込む手段がない。皆に一任してもらったはいいが、思いだけで突っ走ってしまったことを後悔していた。頭を悩ます瑠奈に杏は言葉を続けるのだ。

「一人でどうこうしようって悩むの瑠奈ちゃんの癖だよね」

「癖？」

「昔から何か問題があっても一人で解決しようと頑張ってたから。声を掛けようか悩んでる間に解決しちゃってたからすごいよ」

「そうだった？」

「うん。だから今度は私の力を貸したいなって思うんだけど」

傘を持っていない方の手で杏は自分自身を指差した。瑠奈は瞬きを繰り返しながら見つめる。

「頼りなよってこと」

「でも、迷惑かなって」

「それを決めるのは私。それで、参拝者を呼び込みたい理由は？」

「理由は説明できないんだけど、願い事が必要なの」

持っている傘の柄に力を加えながら話す。鼻で笑われるのを覚悟で話したけれど、杏は真剣に考え始めた。

「今すぐにでも参拝者が必要ってことなんだね。どれくらいの願い事が必要なんだろう？」

「信じてくれるの？」

「信じるに決まってる。瑠奈ちゃんが真剣に話してくれてるんだから嘘のはずないよ」

疑いの目を向けられる日々を送ってきた瑠奈にとって、杏の言葉は心に染み入るもの。

感極まり、うまく言葉の出てこない瑠奈に杏は背中を押すように言う。

「実はジュニアのダンスチームを手伝ってるんだけど、週末に大会があって必勝祈願しに行こうって話してたとこなの」

「ほ、ほんと!?」

「ほんと。この神社は不吉だから参拝者がいないって噂あるし足が遠退いてたけど」

「うんうん、ただの噂なのにね！」

「噂と言えば瑠奈ちゃん、公園で見えない誰かとよく話してたよね」

「ええ！　冗談やめて」

突然何を言い出すかと思えば。そういうものを見ていたつもりはないけれど、トラ達が見えるということは杏の言っていることも間違ってはいないのかもしれない。

「まあ昔のことは置いといて。いつも冷静な瑠奈ちゃんが取り乱してるんだから一大事なんでしょ？」

「うん」

「私にも協力させてね。夕方には必勝祈願しに来るから、また神社で待ち合わせってことで」

「あ、傘！」

「まだ降りそうだし夕方返してくれればいいよ」

そう言い残し杏は片手をひらひらとさせながら去っていく。礼を言いそびれた瑠奈は深々と頭を下げ、そのまま過去に身を投じる。

杏は昔から誰とでも分け隔てなく接し、困っている人には真っ先に手を差し伸べる女の子だった。対して瑠奈は皆の目につかない所で気遣いを見せる女の子。図書室で誰かが戻し忘れた本を棚に戻したり、水で濡《ぬ》れた廊下を雑巾《ぞうきん》で拭《ふ》いたり。落とし物に記名があればその子の下駄箱に置くなど、目につかないところで誰かの支えになっていた。縁の下の力持ちは表立って感謝はされないけれど、自分の行いで誰かが笑顔になる姿は至福。それは瑠奈にとって何よりも嬉《うれ》しいことだった。

見える優しさと見えない優しさ。杏と瑠奈で優しさの表現方法は違うものの、どちらも誰かを思う気持ちからきている。今の瑠奈にとって杏の見える優しさは特効薬。差し伸べられた杏の優しさは何よりも温かかった。

「杏ちゃん、ありがとう」

噛《か》みしめるようにして言う言葉は雨音に紛れる。コンシェルジュをしていた時はお客様のニーズに合わせた行動を取れていたはずなのに、自分のこととなると目先のことしか見えなくなる。真摯《しんし》に向き合ってくれた杏には感謝してもしきれない。

「トラの熱、大丈夫かな」

この間にもトラの容態は悪化しているはず。苦しんでいる姿を想像するだけで胸が張り裂けそうになる。あの日、この場所にいなければトラに声も掛けられることもなかった。両親が亡くなって仕事に失敗していなかったらトラと出逢《であ》えずにいた。そう思うと、目を背けようとしていた過去が宝物のように思える。全ての事柄は繋《つな》がるようにできているのかもしれない。いつかトラや虎桜館の皆に頼れる管理人だと思ってもらえるよう、杏と協力して今を乗り越えるしかない。

通り雨も過ぎ西の空が茜色《あかねいろ》に染まり始めた頃、境内で待っていると杏がダンスチームの子ども達を引き連れて姿を現した。マオ達とそう変わらない子ども達がたくさんいる。人数にして二十名ほどだろうか。まさか本当に来てくれると思わず瑠奈は駆け足で近寄る。

「杏ちゃん！」

「遅くなっちゃってごめんね」

「ありがとう、来てくれて」

「約束したでしょ？　ここの神社の神様は退屈してるから、今なら大きな願いも叶《かな》えてくれるらしいって言ったら楽勝だったよ」

悪戯《いたずら》っぽい顔で笑って見せる姿が幼少期の杏と重なった。その考え方にも共感できる瑠奈は頭を深々と下げるのだ。

「ほんとにほんとにありがとう！」

「ちなみに私はフライングしてお昼にお願い済みだったり」

「何をお願いしたの？」

「瑠奈ちゃんが笑顔になりますようにって」

「優しすぎだよ杏ちゃん」

袖口《そでぐち》で目元を擦《こす》りながら瑠奈は声を震わせた。きっとトラの体調もよくなっているだろうと思い安堵《あんど》の気持ちが勝る。

「私、幸せ者かも」

「瑠奈ちゃんが気づいてないだけで、周りに気に掛けてくれる誰かがいるものだよ」

それは、あやかし達との関わりでも得たことだった。足元だけを見ていたらすぐ近くにいる誰かに気づけない。周りを見て初めて互いの存在を認識し、そこでやっと手を重ね合わせることができるのだということを知った。

「私も昔瑠奈ちゃんに助けてもらったことがあるんだよ」

「いつ？」

「小学生の時。お母さんにもらったハンカチを落としちゃったんだけど、次の日下駄箱に置いてあって」

瑠奈の中で記名された落とし物は下駄箱にという暗黙のルールがあった。そこに杏の物が紛れていたことは正直覚えていない。忘れてたの、なんてからかってくる杏に苦笑する。

「瑠奈ちゃんが拾ってくれたよって他の子に教えてもらったの」

「そ、そうなんだ」

「お礼を言おうとしたんだけど、瑠奈ちゃんいつも逃げるからずっと言えなくて」

「だって杏ちゃん人気者だったから」

「もう。私はずっと瑠奈ちゃんが優しい子だって知ってたよ。遅くなっちゃったけど、ありがとう」

杏も瑠奈の見えない優しさに助けられていた。良い行いは必ずどこかで誰かの目に留まる。瑠奈の陰ながらの優しさは未来へと繋がれた。互いに溢《こぼ》す笑みは雨上がりの空に虹《にじ》をかける。

「必勝祈願しに行こう！」

ジュニアチームと共に参拝殿に向かう瑠奈の表情はとても柔らかい。賽銭《さいせん》をし鈴から垂れる鈴緒を両手で持って動かせば、綺麗《きれい》な鈴の音が境内に響いた。清らかな音が境内を包み込み悩みが浄化されていくようにも感じる。

「週末の大会で優勝しますように」

二礼二拍手をし心から皆が同じ願いを伝える姿はとても新鮮で、この光景をトラ達が見ていたら盃《さかずき》でも交わしそうだ。そして、最後に一礼をし無事に参拝を終えることができた。きっと今頃、願いの池には水が溜《た》まり始めているだろう。それをこの目で確認することはできないけれど、皆の喜ぶ姿が浮かんだ。

「皆さん、ありがとうございました」

いつかこの虎《とら》ノ崎《さき》神社に多くの参拝者が集まり、あやかし達も共に楽しく過ごせる日がくる。そう信じていても未来のことは分からない。今は一人でも多くの願い事をトラにプレゼントできればそれが人間とあやかしの最善になるはずだ。

「杏ちゃん、傘も貸してくれてありがとう」

「お役に立ててよかった。きっとチームを優勝に導いてくれると信じてる」

「ジュニアチームが優勝できますように」

「神様のお力添え期待してます」

その直後、拝殿から風が吹いた。まるで応《こた》えるかのようなタイミングに二人は笑顔になる。まだ人間とあやかしが共生することは難しいだろうけれど、こうして少しでも理解を示してくれる人がいるのなら、いつかきっと——。

「とりあえず皆に報告しないと！」

杏達を見送った瑠奈は祠《ほこら》の前にいた。扉を覗《のぞ》いても源の姿は見えない。傍らに落ちている石を積み上げようとしたけれど、もしも、この石を積み上げられなかったらという恐怖心が湧き起こる。

「帰りたい……トラのいる家に」

今まで難なく積み上げられていたのだから大丈夫。言い聞かせる瑠奈の頭に一瞬、温《ぬく》もりが触れた気がした。それは紛れもなくトラのものだという確信。もちろん姿は見えない。傍で見守っているよ、そんな声が聞こえたような気がした。

「よしっ！」

祠の前で何度も深呼吸をしながら三つの石を見つめる。瑠奈から恐怖心は消えていた。ひとつの石に触れ、次の石に触れ。迷わず手が動き三つの石は崩れることなく重なったのだ。

「でき、た」

目の前で重なる三つの石がこれほどまでに眩《まぶ》しく見えたのは初めてだった。そして、自然と溢《あふ》れてくる涙が頬を伝おうとした時である。祠の扉が激しく揺れ始めた。その扉が勢いよく開かれると同時に、その主はとても不細工な泣き顔で飛び出してきたのだ。

「あああ！　おがえりなざいまぜ瑠奈さん！」

「源さん！」

大粒の涙を流しながら源は瑠奈に飛びついた。トラの想い人に抱きつくなど言語道断だけれど、今は目を瞑《つぶ》ってくれるだろう。

「遅くなってごめんなさい」

「いいえ。必ずお戻りになられると思っておりましたので」

互いに涙を拭《ぬぐ》いながら笑みを溢す。ここは瑠奈にとっての始まりの場所。

「ささ、皆さんがあちらでお待ちです」

感動の再会も束の間、源は石をあちら側へ投げ入れる。そのまま線路の上を歩かされその身はアパートのある世界へと移動した。そこに広がっていたのは見慣れた風景。

そして——。

「おかえり、瑠奈」

着物姿のトラが両手を広げて出迎えた。ずっと会いたかった皆が今こうして目の前にいることが奇跡のよう。そして、瑠奈は大粒の涙を流しながらその胸へ飛び込み肩を震わせて嗚咽《おえつ》するのだ。

「うっ、ただいま……ただいま」

「頑張ったね瑠奈。本当によく頑張った」

会えなかった時間の愛《いと》しさを埋めるように強く、強く抱きしめる。こうして触れ合い言葉を交わせることは何よりも幸せなことだと改めて痛感させられた。

「瑠奈姉ちゃん！」

チビ達も強く抱きしめる。新しい居場所はここなのだと瑠奈は心の奥で噛みしめた。少しずつ他の住人達とも距離を縮めていければいいのだけれど。

「トラ、体調はどう？」

「もう心配するほど弱ってないよ」

いつものように優しい手が瑠奈の髪に触れる。トラの笑顔が心に染みるのはなぜだろう。

「これで安心して俺の花嫁になれるだろう？」

「私はまだ花嫁になるなんて一言も言ってません」

「そうか。ならば、俺の花嫁になれ」

「はい!?」

「よし、了承を得た」

「得てません！」

身勝手なトラの返答に開いた口が塞《ふさ》がらない瑠奈。反対にショウキは腹を抱えて笑い始めた。瞬きを繰り返しながら見る瑠奈はまだ状況を飲み込めていない。

「瑠奈ちゃん、トラ様はこういう男だからさ、許してやってよ」

優しい眼差《まなざ》しで見つめるトラの瞳《ひとみ》には瑠奈しか映っていない。

「杏という人間に、瑠奈が笑顔になりますようにと願われてしまったからね」

「そういえば杏ちゃんが言ってたかも」

「そんなこと俺以外にできないだろう？」

「すごい自信だね」

「神様だからね。瑠奈がいてくれるならどんなことでも頑張れるよ」

「もう、うまいんだから」

「では、結納と式はいつにしようか」

「私は管理人代行なの。花嫁になるつもりはありません……未来は分からないけど」

「やれやれ。先は長そうだ」

虎桜館を飛び出したのはほんの数時間前。それなのに長い月日が経過したような感覚に思えるのは、ここの生活が瑠奈の一部になっていたから。先の一件で打ち解けているチビ達とショウキが瑠奈の帰りを喜ぶ。その一方で、他の住人達は何とも言えぬ表情で立ち尽くしている。瑠奈を責めるというよりも、トラを救ってくれたことに対して何か言いたそうな雰囲気だ。住人同士顔を見合わせて誰が先に言葉を掛けるか、視線だけで押し問答をしている。結局、誰一人として言葉を紡げないでいた。最初は敵意剝《む》き出しだったことを考えると、こうして何かを伝えようとしてくれていることが今の瑠奈にとっては心地よい。

「瑠奈も帰ってきたことだし、夕食にしようか」

そう言われ朝食以降何も食べていないことに気づいた。バァバの手料理を想像するだけで唾液《だえき》の分泌量が増し、空腹音がうるさくなる。それから瑠奈達は足並みを揃えて食堂へと向かった。

「まさかこんなに早く帰ってくるなんて思わなかったわ。貴女《あなた》が作ったへたくそな人形で十分だったのに」

なぜか瑠奈の席には以前作ったいびつな人形が座らされていた。クレハはそれを抱き上げキッチンの奥へと運んでいく。どうして自分の席に、と首を傾げる瑠奈にクレハは冷たく言い放つ。

「空席を作りたくなかっただけよ。貴女が今晩帰ってこなかったらトラ様にお辛《つら》い顔をさせてしまうし仕方なく」

そのまま背中を向けて歩くクレハは少し足早だ。

「いくらトラ様のためでも、へたくそな人形とご飯を食べるって拷問だけどね」

「トラ様を見捨てて帰ってこなかったら重罪に処してやったかも」

ミレイナとエレミィも早口で焦ったように加勢する。それを見るナギトが呆《あき》れたようにため息を漏らすのもいつものこと。騒がしくしていると、バァバがお玉で中華鍋《なべ》を叩《たた》きながらやってきた。

「おだまり！　食事は楽しく美味《おい》しく！　いいかい？」

全員頷《うなず》き食卓に並べられた料理を見つめる。今晩の献立は鮭のムニエルにほうれん草の煮浸し、きのこの味噌《みそ》汁に海鮮サラダ。いつも栄養を考えて作ってくれるバァバの手料理はどのお店のものよりも輝いて見えた。源も門番はお休みし特製のキャットフードを頬張っている。それぞれが料理に舌鼓を打ちながらトラの体調を気遣う姿は微笑ましい。皆にとってどれだけトラが大切な存在なのかを改めて実感した。

「やはり皆で摂《と》る食事はとても美味しいな」

食事も中盤に差し掛かった頃。嚙《か》みしめるようにしてトラが言うと皆の視線が集中する。

全員が箸《はし》を休めトラの話に耳を傾けた。

「食事は飢えをしのぐだけのものではなくて、心を繫《つな》ぐためのものでもあるんだ」

「心を繫ぐ？」

「人間が参拝に来なくなってからずっと孤独でね。一人で食事を摂るのは日常だったけど、話し声のしない場所で摂る食事はこんなにも味気ないものなのかと思ったよ」

「そうだったんだね」

「同じ料理を食べながら一日の目標や反省を共有できることは素晴らしいことだと思うんだ。だから、これからも食事は皆で摂りたい。許してもらえるかな？」

出逢《であ》った頃からトラには食事へのこだわりがあった。今までその理由を聞く者はいなかったけれど、トラの根底にあった思いに触れ全員がそれを受け止め頷く。

「僕も皆でご飯食べるの好きだよ。一人で食べるの辛かったから」

イロハは飼い主に捨てられたことを思い出したのか声を震わせた。瑠奈にも同じ経験があるため、トラとイロハの気持ちに強く頷きを見せる。すると、バァバが握り拳《こぶし》を作った右手を豊満な胸に押しあて鼻息を荒くした。

「あたしの料理で皆を笑顔にしてやるさ！　お残しはタバスコの刑だよ？」

バァバの機転で一気に明るくなった食堂には笑顔が輝く。それも束の間、瑠奈に向かってバァバが釘《くぎ》を刺した。

「あんたの行いも、このあたしが監視しておくからね」

「は、はい」

「あたしらに害を与えるようなら、ミンチにして食ってやる。覚悟しておき」

ミンチという言葉に身震いをしたのは瑠奈だけではない。バァバはやるといったらやる性格のため、火の粉が飛んできませんようにと住人達は心で拝んだ。杏と共に神社に参拝客を集めるという大役を成し遂げたつもりだったけれど、認めてもらえるにはまだ時間がかかりそうで瑠奈は苦笑する。

「でもまあ、今回の一件だけは認めてやらなくもない。以上」

バァバは僅《わず》かに照れながら箸を持った。皆の心の内にある感謝。それを代弁したバァバにトラは優しく微笑み、それ以上何も言うことなく食事を楽しんだ。いつもより穏やかな食堂は居心地よい。

「瑠奈姉ちゃん」

食べ終わった食器をシンクに運んでいるとルキが瑠奈の服の裾《すそ》を引っ張った。

「トイレ？」

こくりと小さく頷くルキはまだ一人でトイレに行けない。トラも「付き添ってやるとい
い」と言って瑠奈の食器を受け取った。

「ありがとう、トラ」

「こちらこそ」

いつもと変わらないトラの柔和な笑みに安堵《あんど》する瑠奈は、可愛い我が子のようにルキの
手を取り食堂を後にした。

「瑠奈姉ちゃん、ありがとう」

「トイレは我慢しちゃダメだし教えてくれてありがとう」

「ううん、そっちじゃなくて」

もじもじとする様子は見慣れた光景。からかってしまいたくなるのを必死に抑えている
と、ルキは深呼吸をした。

「帰ってきてくれてありがとう」

「え？」

「瑠奈姉ちゃんすごい勢いで飛び出して行ったでしょ。リス園の飼育係みたいに、捨てら
れちゃったらどうしようって思ってたから」

経営破綻《はたん》したリス園に置き去りにされたルキ。人間不信に陥っていたルキにとって瑠奈

の献身的な行いは胸を打たれるものばかり。自然と瑠奈へ信頼を寄せていた。過去に愛してくれた飼育係のように。

「帰りを待つのは辛いんだ。大好きな人の帰りを待つのは特に」

「ごめんね。ちゃんと話し合わずに飛び出して」

瑠奈は腰を屈《かが》めてルキを優しく抱きしめた。辛い過去に触れることで傷をえぐり悪化させてしまうこともある。自己解決できないものを他人が解決できるはずもないのだから、打ち明けてもらえるまでそっとしておくしかない。そう思っていた瑠奈にチビ達は全てを話してくれた。それがどれほど勇気の要ることか分かっていたはずなのに、身勝手なことをしてしまったと瑠奈は後悔の念に駆られる。

「リス園にいた仲間もどんどん元気がなくなっていってね。トラ様が倒れたのを見てフラッシュバックしたんだ。次は誰が倒れるのかな、俺の番はいつかなって」

瑠奈の背中に回される小さな手は僅かに震えている。

「でもね、トラ様がどんどん元気になっていったから瑠奈姉ちゃんが頑張ってくれてるって分かった」

「ルキ……」

「俺は瑠奈姉ちゃんを信じて待ったよ。トラ様や皆のためにありがとう」

震えていたはずのルキの小さな手が瑠奈の背中を優しく撫《な》でる。一番幼いと思っていたルキがとても大きく見えた。見えないところで色々なことを吸収し、ルキなりに成長している姿が微笑ましい。感謝をされるために飛び出したわけではなかったけれど、こうしてルキに労《ねぎら》われたことで瑠奈の心も満たされていく。

「ルキも信じて待っていてくれてありがとう」

「俺はね、皆と同じくらい瑠奈姉ちゃんのことが大切だよ」

「とても嬉《うれ》しい。私もよ」

「だから、バァバにミンチにされそうになったら俺が守ってあげるからね！」

言い残してルキは少し先のトイレへ走っていった。その背中を見つめる瑠奈の表情はとても穏やかだ。知らぬ間に誰かに支えられ、誰かの支えになっている。虎桜館は出逢いの場所であると同時に帰る場所。出逢いには意味があるとトラは言っていたけれど、こういうことなのかもしれない。

「瑠奈、少し話せるか？」

ルキを見送り部屋に戻ろうとする瑠奈にトラが声を掛けた。返事をするよりも前に瑠奈の手はトラの額に伸びる。手掌から伝わってくる体温はそこまで高くはなく、苦しそうな表情も見られない。

「もう無理はやめてね？」

「俺なら大丈夫。迷惑を掛けてすまない」

「私こそごめんなさい。皆の反対を押しきって勝手なことを」

「謝ることはない。瑠奈の行動は最善だったよ」

安堵の表情を浮かべる瑠奈の手を取りトラは優しく微笑む。

「願いの池に少し水が溜《た》まっているから、瑠奈にも見てもらいたい」

「見てみたい！」

「では、ご案内いたしましょう」

王子様のように片膝《かたひざ》をつくトラが可笑《おか》しくて瑠奈は笑みを溢《こぼ》した。そのままトラに手を預けながら庭園へと向かう。

「わー！　ほんとにお水がある！」

僅かだけれど願いの池には水が溜まり、夜空に輝く月と星が降り注いだようにその中で輝いている。涸《か》れた池だったのが嘘のよう。

「まだ池というには足りないが、こうして水が溜まったのも瑠奈のおかげだよ」

「お役に立てて嬉しい。この池のお願いは全部叶《かな》えてもらえる？」

「私利私欲による願いではなさそうだしね。いい大会になるとだけ言っておくよ」

杏達《たち》の願いをトラはしかと受け止める。それを聞いて瑠奈は安堵したように瞼《まぶた》を閉じた。耳に届くのは夜風に乗って流れてくる虫の音や草花が揺れる音。ここには穏やかな時間が流れている。

「杏ちゃん達の願いを叶えたらこの池の水はどうなるの？」

「蒸発して消えるよ」

「そうなったら、トラはまた倒れて」

「虎桜館には立派なコンシェルジュがいてくれるからね。心強いし俺は心配してないよ」

「それって私のこと？」

「他にいないだろう？」

トラは壊れ物を扱うようにそっと瑠奈を抱きしめた。零《こぼ》れ落ちる涙を隠すように。

「瑠奈がいなければ俺は今頃、命果てていたかもしれない」

「杏ちゃん達の願いが叶ったら、少しずつだけど参拝者も集まると思うの。だからそれまで死なないで、トラ」

「まったく。そんなに愛されては死期を見失ってしまうな」

「愛じゃなくて心配してるのよ」

「つれないね。今なら契約を破棄することも可能だけど、どうする？」

瑠奈を抱きしめる腕を緩め、そっと顔を覗《のぞ》き込むトラの表情は悲しみを含んでいるようにも見えた。管理人代行兼花嫁見習いという過重労働を課していることをトラ自身も申し訳なく思っている。故意ではないにしろ、人間嫌いのあやかし達に瑠奈が冷たい対応をされていることは事実。優しい瑠奈だからこそ、心の負担を増やしたくない。かといってこの住人達もトラにとってはかけがえのない存在だから、互いに心の傷が深くなる前に……。その思いはトラの口からは語られない。

月を隠していた薄雲が流れ二人の影はより濃くなっていく。月光を受けた瑠奈の瞳《ひとみ》は意思を固めたように強く輝き、ひとつの影が動いた。

「私、まだここにいたいです。皆さんの抱えている悩みや不安を少しでも和らげてあげたい。私で力不足だと思ったらすぐに契約を切っていただいて構いません！」

瑠奈は許しを乞《こ》うように深く頭を下げた。その頭をトラが優しく撫でる。

「瑠奈でなければ務まらない仕事だと俺は思っているよ」

「トラ……」

「現にマオ達は瑠奈に心を救われている。他の住人も、もしかしたら」

ゆっくりと瑠奈の身体を起こしながらトラは微笑んだ。それを見た瑠奈の表情も柔らかくなる。

誰にでも心に深い傷があり、それは誰にも推し量れないもので後ろ指を指していいものでもない。瑠奈が目を背けようとしていた過去も今となっては大きな一歩になっている。

「私もまだ受け止めきれない過去はあるけど、皆と一緒に成長していきたい」

「そうだね。瑠奈に何かあれば俺が守る。厄介な仕事だけど、これからも頼んだよ」

「未熟者の私ですが、よろしくお願いします」

瑠奈の笑顔は一際輝いた。虎桜館は出逢《であ》いの場。その出逢いが人生にどう影響するかは分からない。少なくとも瑠奈は誰かのために何かをしようと思えるようになった。人間もあやかしも関係ない。共に理解しあえる関係になれた時、その傷はようやく寛解《かんかい》へと向かう。

今の瑠奈にとって虎桜館は居心地のいい場所。まだ打ち解けていない虎桜館の住人達もいるけれど、瑠奈は助力することを誓った。虎桜館の一員として迎え入れてもらえるその日まで。

エピローグ

俺は覚えているよ。瑠奈《るな》と約束した、あの日のことを。

人の噂も七十五日。始まりは正しい噂でもそれは飛躍され事実と異なることが周知されてしまう。留《とど》まることを知らないそれは語り継がれ誰かを苦しませる結果になる。言霊《ことだま》は何よりも威力のあるものだから慎重にいかなければならない。特に、愛する相手に対しては。

「何か手伝おうか？」

「大丈夫だよ。ありがとう」

瑠奈は何事にも真っ直ぐで心配になるくらい弱音を吐かない珍しい人間だ。最近ようやく気を許してもらえるようになった気もするが、まだ距離があるように思う。

「瑠奈は俺の花嫁なんだからもっと頼ったらどうだ？」

「花嫁になるなんて私はまだ言ってません」

つれない所も変わらないが、そこがまた愛《いと》おしい。

「俺が〝花嫁になれ〟と言ったんだから瑠奈はもう花嫁だよ」

「そう言ってもらえるのは凄《すご》く嬉しい。でも」

「でも？」

「トラの良い所も悪い所も知らないことがいっぱいある。きちんと向き合ってからじゃないと、トラに失礼だと思うから」

「愛してるよ、瑠奈」

「今そういう流れだったっけ⁉」

白い肌を紅潮させて瞳を丸くする姿もまた愛おしい。幼い頃、俺は瑠奈の家来のように扱われていたから今のこの関係に違和感を覚える時もある。

初めて会ったのは瑠奈がまだ幼かった頃。神社の石段に腰かけている俺に瑠奈が声を掛けてきたように記憶している。肩より少し長い胡桃《くるみ》色の髪は艶《つや》やかで肌は白く、吸い込まれそうなほど綺麗《きれい》に澄んだ瞳には子どもに化けた俺が酷《ひど》く落ち込んだ様子で映っていた。

「迷子？　おうちはどこ？」

初対面の俺に親身になってくれたのは瑠奈が初めてだった。それから時間が合えばいつも近所の公園に集合し基本的に瑠奈の世話役をしていたな。ブランコを押したり、鉄棒の補助をしたり。今思えば瑠奈は図太い少女だった。

それでも、なぜか瑠奈といると心地がよくて濁った心が浄化されていくような気がした。柔らかな声と屈託のない笑顔。先入観のない純粋な対応は孤独な俺にとって特効薬のようなものだった。

「トラは行ってみたい所はある？」

「そうだな、俺は」

「私はね、海に行ってみたい」

ことごとく話を無視する瑠奈は肝が据わっていた。唖然《あぜん》とする俺を気にも留めず、瑠奈は木の枝を使い地面に歪《いびつ》な線路を描き始めた。その先に描くのは広い海と丸い太陽だ。カモメを飛ばしてみたりヨットを浮かせてみたりとユーモアがある。

「じゃあ出発進行！」

「どこへ？」

「この線路の上を歩くの」

「ほう」

「そうすると、行きたい所に行けるよ。道がなければ作ればいいんだよ」

描いた線路上を小さな足で歩くと海に飛び込むようにして地面から両足を上げた。その姿はまるで人魚のよう。そして地面に着地した瞬間、水しぶきが上がったように見えた。

「はい、海到着！」

両腕をカモメのように広げて振り返る。波に乗って磯の香りが流れてくるような感覚がしたのは純粋な心に触れたからだろう。自由奔放な瑠奈はそれから俺を家来のように扱い、逆上がりの補助をさせたりもした。断ればいいものを瑠奈の誘い方がうまくてつい従ってしまったというのが正しいな。

だが、その眩《まぶ》しい日々もそう長くは続かなかった。いつものように公園で遊んでいた時、近所の人間に両親の訃《ふ》報《ほう》を知らされた瑠奈は公園を飛び出し、それきり会えなくなってしまう。俺は力を使い瑠奈を見守っていたが、両親の遺影を抱きしめながら声にならない声で泣く姿は見るに耐えないもの。通夜を抜け出した瑠奈を一人にすることもできず公園へ足を運ばせた。

「私ね、引っ越すことになったの」

「もう会えないってこと？」

「……うん。知らない人のおうちに行くから凄《すご》く不安」

屈託のない笑みを溢《こぼ》していた瑠奈の表情はとても暗く、現状を鑑《かんが》みることもせずこのまま連れ去ってしまえばいいのではと一瞬考えた。元の姿に戻れば従わせることも可能だったが、それでは瑠奈の意思を軽視することになる。だから、提案をした。

「じゃあさ、大きくなったら一緒に住もう」

「え？」

「瑠奈が笑顔でいられる場所を作るから」

暗い未来に光を落としてやれば多少は前を向くことができるだろうと思った。参拝者の足が遠退き孤独だった俺が瑠奈という光を見出《みいだ》したように。そして、願いを込めて四つ葉のクローバーを飾った御守りを手渡した。俺が初めて作った神力のこもった御守りだ。

「四つ葉のクローバーは幸せを運んでくれるらしいんだ。だから辛《つら》くなったらこれを見て元気を出して」

「嬉《うれ》しい。大事にするね」

そんな昔の口約束、忘れてくれて構わないからどうか幸せでいてほしい……。そう思っていた矢先のことだ。

「トラ様、最近変な人間が神社に入り浸ってるんだ」

「変な人間？」

「お賽銭《さいせん》もしないでお願いをぶつぶつ言ってる人間だよ」

どうやら俺が留守の間に姿を現す人間がいるらしくて、マオ達の報告を受けその時間を張ることにした。

現れた人間を見て久々に俺の感情は揺さぶられたと思う。必死に願いを込めている人間は紛れもなく瑠奈だったのだから。これが運命というやつか……と、柄にもなく思った俺に声を掛ける以外の選択肢はなかった。悲しいことに俺との記憶は曖昧《あいまい》になっていたが、部分的に話される瑠奈の記憶が線を結び約束を果たさねばという気持ちが強くなる。

もうあの時のような悲しい顔はさせない。瑠奈を笑顔にするのは俺しかいない……と。

「トラ？」

「すまない、ちょっと思い出に浸っていた」

「珍しいね。まさか熱があったり」

瑠奈の小さな手が俺の体温を上昇させていくことには気づかないのだろう。額に触れる瑠奈の手はとても温かい。

「熱はなさそうだね」

「心配いらないよ」

「ダメ。トラは無理をするんだから」

「瑠奈にだけは言われたくないな」

「またトラが倒れたら皆を不安にさせてしまうから」

落ち込む瑠奈の頭に今度は俺がそっと手を乗せた。

「瑠奈が参拝者を呼んでくれたおかげで、少しずつ力が戻ってきているから大丈夫だよ」

瑠奈の計らいで庭園にある願いの池にも少しずつだが水が溜《た》まるようになってきた。虚《むな》しく池の底に張り付いていた枯れ葉も今では水面に浮かんでいる。住人達も少しずつ瑠奈に心を開き始めている。といってもまだ敵意を剝《む》き出しにしている住人の方が多いが。

「そういえば瑠奈、あの御守りのことだけど」

瑠奈の部屋は荷物が少なく閑散としているせいか、机上に置いてある御守りがよく映える。金帯の生地に四つ葉のクローバーを飾った世界にひとつだけの御守り。あれは間違いなく俺が手渡したものだ。

「御守りがどうしたの？」

「どこの神社で買ったものかなと思ってね」

「あれは貰《もら》ったものだよ」

「誰に？」

「それがよく思い出せないの。昔よく遊んでた男の子だったと思うんだけど、名前も顔もモヤモヤしてて」

両親を亡くした悲しみからその前後の記憶は曖昧になっている。それでもこれを大切にしてくれているということは、瑠奈にとって何らかの影響を与えることができたということだろう。

「その男の子と大きくなったら一緒に住もうなんて約束もしたなぁ」

「ほう。それは妬《や》いてしまうな」

「トラはすぐにそういう話に持っていくんだから」

「瑠奈は俺の花嫁になるのだから当然のことだ。後悔はさせないよ？」

「あっ、庭園の掃除忘れてた」

何度求婚しても瑠奈はこの調子だ。そこも憎めない。いくら俺が神様でも瑠奈にとっては恐れるに足りない存在なのだろう。花嫁になれとは言ったが、瑠奈の気持ちが固まっていない以上、押しきるわけにもいかないのが世知辛いところだ。

「あの男の子も幸せになってるといいな」

「きっと幸せだよ。今の瑠奈が幸せなようにね」

二度と戻らない時間。そこで得たものは色褪《いろあ》せない。

――いつか気づいてくれるだろうか。約束の男の子が、今も瑠奈を想い続けているということを。

あとがき

はじめまして、柊《ひいらぎ》さえりです。この度は数ある作品の中から『神様の花嫁になりました』をお手に取っていただき、ありがとうございます。

まずは自己紹介……という堅苦しいのは苦手なので、ザ・グラン銀座の苺《いちご》のミルフィーユが美味《おい》しいのでオススメです！　甘いものは別腹と自分を甘やかしつつ、普段は看護師をしながらWEB小説の投稿サイトで執筆しております。

本作は小説投稿サイト「エブリスタ」で連載していたもので、書籍化するにあたり大幅に改稿しています。キャラクターの過去や心情を掘り下げて改稿しているため、WEB版をお読みになっていただいた方も、初めてご覧になる方でも楽しめる内容となっております。初めて執筆したあやかしもので、私自身もお気に入り作品だったため、こうして書籍化していただけることが夢のようです……！

この作品は心に傷を負った瑠奈《るな》が神様に求婚され、人間嫌いのあやかし達と生活を共にするお話です。「人間は敵！」と敵意を剝《む》き出しにされる中、健気《けなげ》な瑠奈はあやかし達の心にある傷を献身的な優しさで癒《いや》していきます。あやかし達も次第に心を開き打ち解けていく、という心の繫《つな》がりを感じていただけたなら幸いです。そして、物語の支柱のひとつでもある神様ことトラの淡い恋心。トラはとにかく瑠奈を溺愛《できあい》していて恋愛においては我が道をいくタイプ！　それに動じない瑠奈との掛け合い。ムズキュンのままお話は進んでいきます。二人の恋の行く末は――？　エピローグはトラ視点のお話を書き下ろして収録しているので、楽しんでいただけると幸いです。

「何度も泣きながら読んでました」「読んでから、もっと人に優しくしようと思える作品」など感想をいただき、誰かの心に思いを届けられる幸せをくれた作品でもあります。

最後になりましたが、出版するにあたり御親切に導いてくださった担当編集様には心より感謝申し上げます。

イラストレーターの美和野《みわの》らぐ様、キャラクターに命を吹き込み作品にぴったりの美しいカバーを描いていただきありがとうございます。

そして、最後までお付き合いくださいました読者の皆様、本当にありがとうございます。

これからも心に響く作品をお届けできるよう努めていきますので、よろしくお願いいたします。皆様と出逢《であ》えたご縁に感謝を。

お便りはこちらまで

〒一〇二―八一七七
富士見L文庫編集部　気付
柊さえり（様）宛
美和野らぐ（様）宛

この作品は、小説投稿サイト『エブリスタ』の
投稿作品に大幅な加筆・修正を加えたものです。

富士見L文庫

神様《かみさま》の花嫁《はなよめ》になりました

柊《ひいらぎ》さえり

2020年4月15日　初版発行

発行者　三坂泰二
発　行　株式会社 KADOKAWA
〒102-8177　東京都千代田区富士見2-13-3
電話　0570-002-301（ナビダイヤル）

印刷所　株式会社暁印刷
製本所　株式会社ビルディング・ブックセンター
装丁者　西村弘美

定価はカバーに表示してあります。　◇◇◇

●お問い合わせ
https://www.kadokawa.co.jp/（「お問い合わせ」へお進みください）
※内容によっては、お答えできない場合があります。
※サポートは日本国内のみとさせていただきます。
※Japanese text only

ISBN 978-4-04-073576-4 C0193